依据国家教育部和中央电视台
联合主办的《开学第一课》活动

"我的梦，中国梦"主题拓展原创版

草地上的音乐会

中央电视台《开学第一课》编写组 编

时代文艺出版社

图书在版编目（CIP）数据

草地上的音乐会／中央电视台《开学第一课》编写组编.—2版.
—长春：时代文艺出版社，2016.1（2021.3重印）
（开学第一课）
ISBN 978-7-5387-4915-1

I.①草… II.①中… III.①中国文学—当代文学—作品综合集 IV.①I217.1

中国版本图书馆CIP数据核字（2015）第257169号

出品人　陈　琛
责任编辑　徐　薇
装帧设计　孙　利
排版制作　隋淑凤

草地上的音乐会

中央电视台《开学第一课》编写组　编

出版发行／时代文艺出版社
地址／长春市福祉大路5788号　龙腾国际大厦A座15层　邮编／130118
总编办／0431-81629751　发行部／0431-81629755
官方微博／weibo.com／tlapress　天猫旗舰店／sdwycbsgf.tmall.com
印刷／三河市嵩川印刷有限公司
开本／710mm×1000mm　1／16　字数／120千字　印张／12
版次／2016年1月第2版　印次／2021年3月第2次印刷　定价／36.00元

图书如有印装错误　请寄回印厂调换

《开学第一课》编委会

编委会主任：韩　青　许文广

主　编：许文广

副主编：卢小波

编　委：张雪梅　骆幼伟　张　燕　吴继红

　　　　刘翠玲　柏建华　孙硕夫　高　亮

　　　　夏野虹　禹　宏　石岩松　邓淑杰

　　　　李天卿　曾艳纯　郜玉乐　孟　婧

《开学第一课》的价值

　　有人问我，《开学第一课》的价值体现在什么地方？我认为最重要的就是全社会希望并通过我们传递出来的价值观。多元是时代进步的标志，我们尊重不同的声音和价值理念，但是作为教育部和中央电视台联手举办的一项公益活动，我们要传递的是主流的、与时俱进又符合中华文明传统的价值观。

　　在2008年，我们通过《开学第一课》传递了抗震精神和奥运精神；2009年正值新中国60周年华诞，我们在象征着民族精神的长城，为孩子们播撒下爱的种子；2010年，我们告诉孩子们，一个拥有梦想的民族，一个不断仰望星空的民族，就是拥有未来的民族，人生的每一个阶段都需要梦想的指引、坚持和探索，而每个人的梦想汇集起来就可能成为国家的梦想、民族的梦想。

　　举办《开学第一课》三年来，我个人也有一个梦想，我梦想这项目光远大、朝气蓬勃的公益活动能够坚持举办十年，让它给这一代孩子的成长提供正面的、积极向上的力量，这就是《开学第一课》的意义所在。

　　我希望全社会的力量汇集起来，给孩子们一种价值观的教育，中央电视台愿意承担使命，连同教育部把这项公益活动做好。我们也欢迎全社会各界积极参与、支持，从出版、纸媒、网络、志愿行动、慈善事业等各个方面，加入到这个追逐共同梦想、打造恒久价值的公益活动中来。

　　由此，我亦十分高兴地看到《开学第一课》系列丛书的出版，我相信时代文艺出版社正是基于我们共同的理想，以出版的力量为孩子们的未来创造了更丰富的阅读食粮，为《开学第一课》的精神理念提供了更多样的传递方式。

中央电视台　许文广

目　录

001

目录

002

第二部分 心灵大头贴

003

第四部分　爱看的眼睛

005

目
录

第一部分

爱的成长课

每当傍晚，我看到父亲十分疲惫地赶回家，真恨不得一下子长大，为父亲分担家庭的重担。

——董凡《送给父亲的生日礼物》

爱心早餐

付博文

睁开蒙眬的双眼，暖暖的阳光早已充满了整个房间，又是一个星期六的早晨。伸个懒腰，打个哈欠，快快起床，穿戴整齐——今天全家的早餐我做主。

从小猪存钱罐里拿出五元钱，看了看还在睡懒觉的爸爸妈妈，轻轻地出了家门，没忘记回手带上门，目的地——小区南门口。

早已经计划好了，我要买爸爸爱吃的丸子汤，妈妈爱吃的豆浆油条，当然不会落下我最爱吃的朝鲜面。给爸爸买了一份丸子汤，还有两个花卷，又给妈妈买了两根油条和一份豆浆，还剩一元钱，该买我的朝鲜面啦。

我来到卖朝鲜面的摊点，问道："阿姨，一份朝鲜面多少钱啊？"

"一元五角。"

我顿时愣了一下，糟了，钱不够了，怎么办？

我看着香喷喷的朝鲜面，咽了咽口水，扭头往回走，又买了两根油条，回家了。

回到家，爸爸妈妈已经起来了。我把早点放好，去洗脸刷牙，收拾停当，和爸爸妈妈一起坐在餐桌前。

"咦，乐乐，你的朝鲜面呢？"妈妈问。

"呵呵，今天我想试试油条，妈妈，您的豆浆分我一点好不好？"

"是不是带的钱不够啊？"爸爸说。

"爸爸好聪明，这也能猜出来。"我笑着说。

"啊，乐乐长大了，在钱不够的情况下，宁肯委屈自己，也要让爸爸妈妈吃好，谢谢儿子。"爸爸满意地说道。"今天我们吃到了世界上最美味的'爱心'早餐啊！"

太阳从西边升起

倪　慧

开学初，我约我的好朋友张宇到家里一起做作业。张宇带上了她上幼儿园的表妹张蕾。为了不让她的表妹妨碍我们做作业，我让她在客厅的桌子上画画。

不一会儿，张蕾把她画的那幅名叫《盼》的画递给我。画上画的是一个小女孩蹲在草地上，托着腮，仰着脸，望着天上的太阳。图画布局得当，色彩也很好。我当时一阵惊喜，随口就说："哇，真有创意！"

突然我在她的画上发现一个常识性的错误：太阳从西边升起。五岁的小孩一时疏忽，辨不清东西是正常的事。于是我问她："你那幅画上的太阳是西边还是东边？""西边。"回答干脆利落。"什么？真的在西边？你再想想有没有画错？""是在西边，不会画错，我还特地画了个风向标。"我好奇地问："你什么时候见过太阳从西边升起啊？"她哭了，哭得很伤心。她一边用手抹眼泪，一边说："爸爸妈妈吵架了，后来妈妈离开了我们。妈妈临走时说，'想我再回这个家，除非太阳从西边出来！'我好想让太阳从西边升起，那样妈妈就可以回家了……"

原来是这么回事。我觉得我的心口隐隐作痛，忍不住也落下了眼泪。

是啊，愿天下的父母都相亲相爱，一旦离异，受到最大伤害的是你们的孩子，你们知道吗？

相亲相爱的一家人

谢 瑶

贝贝过生日的时候，请了几个同学去肯德基，但只有一个叫七彩娃的男同学。其他男同学听到后，都咋呼开了。特别是长得猴精猴精的小新，冲着七彩娃直嚷嚷："七彩娃，好福气，女孩生日请你去。"七彩娃恼了，他冲着小新喊："去去去，吃不到葡萄说葡萄酸，我偏要去。"

第二天到了学校，猴精猴精的小新冲着贝贝直嚷嚷："七彩娃，好福气，女孩生日请你去。"贝贝听见了，脸涨得通红。小新边说边往门外走。走到教室门外，大声地唱起来："啦啦啦，我是卖报的小行家。今天的新闻真正好。贝贝爱上七彩娃了……"有几个调皮鬼也跟着哼起来。贝贝气得攥紧拳头追出门外，七彩娃也冲出门说道："无聊不无聊啊！你再唱，我打你个浑小子。""哎呀！我好怕呀！两个打一个啊！大家快来看啊！七彩娃爱贝贝啦！"小新双手抱着头，蹲下身子，对着大家挤眉弄眼。有的人跟着哄笑起来。

班长谢瑶看不过去了，对小新嚷道："臭小新，自己没人缘，你还阴阳怪气的，真丢脸！""谁丢脸啦？我又没和女生吃饭！""我告诉老师去。"见小新一副死性不改的模样，谢瑶丢下这句话，转身走进了办公室。一见大事不妙，小新赶紧连声道歉："对不起！对不起！"可是，贝贝的好朋友们早就把小新团团围住，把小新"押"到了办公室。

经过班长谢瑶的一番描述，班主任许老师已经基本了解了事情的经过。大家吵吵嚷嚷地进了办公室，七嘴八舌地指责小新，一看这架势，班主任许老师便让大伙一起到班上去。正好是班会课。许老师问："怎么回事啊？""也没什么特别的，我就唱了几句《卖报歌》，不信你问七彩娃。"小新还是一副被冤枉了的样子。

老师问七彩娃："是吗？"七彩娃点点头，说道："可是他把词改了。""哦！没想到小新还会填词呢！唱给我听听！"许老师一本正经的样子。小新的脸唰的一下就红了，他不好意思地说："老师，我刚才说贝贝爱七彩娃了，可是我没瞎说，因为贝贝请七彩娃吃饭了。"小新没有了刚才的神气，却还是固执地认为自己没错。

"什么是爱？知道吗？"许老师俯下身子轻声地问。"知道，爱就是喜欢。"小新快速地答道。"那你爱许老师吗？""爱。""你愿意请许老师吃饭吗？""愿意。""许老师是女的。男的女的不能一起吃饭。"许老师故意学着小新的语气说道。小新"噗"地笑了，"你是老师，不算。""啊！不算女的？"许老师惊讶地张大了嘴巴。大家也小声地议论起来，胆大的还笑出了声。

"你爱四（3）班这个集体吗？""爱。"小新回答得响亮又干脆。"你过生日时，愿意和班上的同学一起庆祝吗？""愿意。"小新兴奋得眼睛直发光，好像他真的过生日一样。"包括女生？""包括。"小新不假思索地答道。全班哄堂大笑。小新愣了一会儿，一拍脑门，醒悟过来："我上当了。""你真的愿意请女生？"许老师笑盈盈地问。小新不好意思地笑了。"说呀！说呀！"大伙也一起催他。小新当众表了态："愿意。"尽管声音像蚊子嗡嗡，但大家还是都听清楚了。

许老师说："一个集体就是一个大家庭。我们的同学就像家庭里的兄弟姐妹，我们应该相亲相爱。记住了吗？"我们大声答道："记住了。"老师又提议大家唱首歌，还让小新起个头，大家唱的是《相亲相爱的一家人》，歌声回荡在教室里，回荡在我们的心里。

第一部分 爱的成长课

一份特殊的生日礼物

陈清双

放学后，我急匆匆地背上书包，心里嘀咕着："晚上爸爸、妈妈会送我什么生日礼物呢？"

"清双，等一下！"同桌叫住我。只见她神神秘秘的，从书包里掏出一样东西来，"给，生日快乐！"

"哇，谢谢你！什么礼物啊？"

"回去再打开好吗？到时你就知道了！"

回到家里，我迫不及待地打开盒子。咦？是一张信笺，一张折得精美的信笺：

"秋双，今天是你的生日，我要送你一份特殊的礼物——给你提意见！作为班干部，你在管理班级上，有时候态度很粗暴，这样会引起同学的反感的；此外，你有时也不遵守纪律，正人要先正己啊！我真切地希望你能改正这些缺点！祝你生日快乐！"

我把信笺一丢，自言自语道："扫兴，真是扫兴……"

这时，爸爸也回来了，"哟，怎么一张苦瓜脸？"他笑呵呵地问。

"你看你看，这不气人吗？"我把信笺拿给爸爸。

爸爸看完后，脸严肃起来了，他问："同学给你提的意见是事实吗？"

"人家是班干部，严厉些，还不是为了同学好吗？"我争辩道。

"那其他事呢？"

"我……"我无言以对。爸爸和蔼地说："你觉得同学给你送这份特殊的生日礼物是什么目的呢？你说，有这样一个真诚地给你提意见的朋友好吗？"

我的脑海里浮现出同桌递给我礼物时那真挚的眼神，我的气顿时消了。我捧起礼品盒，激动地对爸爸说："我懂了，这是一份珍贵的礼物，我应该高兴！"

给小鱼取暖

倪启凡

放假在家，整理小书橱的时候竟然翻出了一个小鱼缸来。看着这个小鱼缸，我的思绪瞬间飞到了读幼儿园的时光。

那天放学，爸爸带回了一个小黑袋子，打开一看，居然是我嚷嚷了好一阵子想要的小金鱼。两个小家伙，一红一黑。它们都有一对水灵灵的大眼睛、一身亮晶晶的碎银衣，再搭上一件轻盈飘逸的纱衣，犹如仙女下凡，漂亮极了。

没过几天，爸妈有事出去了。正觉无聊，目光落到了放在桌子上的小鱼身上。咦，它们怎么一动不动了呢？我赶紧去碰一下鱼缸，小家伙们懒洋洋地动了一下身子就又不动了。怎么回事？看看自己身上已经穿上的毛衣，我恍然大悟：哦，天气冷了，是被冻到了吧！

开空调？隔着水，没有效果。对了，让鱼缸里的水变热，不就可以了？

说干就干。我捧来小保温壶，按住开关，对着鱼缸就开始倒起来。啊！动了！热水一倒进去，两个小家伙就扭起了"秧歌"，甚至高兴得都往鱼缸壁上碰，我是既激动又骄傲。可好景不长，没几分钟，两个小家伙慢慢地又不动了，最后连肚皮也翻了上来。

我正在为小鱼的异样而独自纳闷时，妈妈回来了。"小凡，不能给小鱼加热水，这样就会因为水中温度过高，再加上缺少氧气而让它们死掉的。"听了妈妈的解释，我这才清楚，原来是不能随便给小鱼取暖的。

虽然我现在已经不养小金鱼了，但是却知道了不同的事物应该用不同的方法来对待，否则会弄巧成拙的。

007

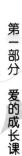

第一部分 爱的成长课

爱让我们有力量

曲志宇

　　爱，好似一团烈火，让我们燃起心中的力量，她是热情的；爱，好似一缕阳光，照亮我们前进的方向，她是唯美的。我们的生活中充满了爱，母子之间的爱，夫妻之间的爱，师生之间的爱……正是这些爱激励着我们不断地前进。

　　我是班级的劳动委员，经常是最晚下楼的。一天傍晚，我像往常一样，孤独地向楼下走，到四楼时，看到一个身影向我走来，我仔细一看是李老师。李老师慈祥地俯视着我，说："志宇呀，你每天都这么累呀，来，抱一下。"李老师与我拥抱了一下。此时，仿佛寒冬中的一股暖流注入我的心里，回荡开来。接着，李老师轻轻地吻了我一下，那吻是那么的亲切，那么的柔和。此时此刻，我觉得自己是世界上最最幸福、最最幸运的人，因为我得到了李老师的爱。

　　在上学期快期末考试的时候，李老师给我们每人一个爱的鼓励。那天，李老师慈祥地对我说："我相信你会把我课上讲的内容体现在卷面上。"还让我从她的"藏宝袋"中摸出一块橡皮糖，我摸着它，心里甜丝丝的，因为它不是一块普通的糖，它融入了李老师浓浓的爱。我双手捧着它，如获至宝，把它藏在笔袋里，直到考试前一天我才把它放到嘴里，我细细地品味着那份甜蜜，如同享受大餐一般。是李老师的爱，让我们学会了感恩。每当我遇到困难想退却时，总会想到李老师的爱，我不能让李老师失望，我要坚持。

　　李老师的爱是我成长过程中的加油站，让我动力十足地驶向理想的彼岸。

我终于说出了那三个字

孙 萌

写好了家庭作业，我站到镜子前，嘴巴不停地说："我爱你！我爱你！"

你以为我是对镜子说"我爱你"吗？不是，我要对爸爸说这个美丽而难以出口的话。现在，正在练习当中。

我迟迟不敢说，想着说出后爸爸的种种表情。我终于下定决心，不管爸爸表情怎么样，我都要把这个美丽的话说出去。

我跑到爸爸面前。我的心跳快了，我深吸一大口气，大声地说出了这个藏在心底已久的话："爸爸，我——爱——你！"说完这句话，我如释重负地长吁了一口气。

爸爸听完这句话，呆在那儿，嘴巴张成了"O"形。我叫了声"爸爸"，爸爸这才回过神来。这时，我看到了爸爸的眼睛里流动出一种感动，泪水在眼眶里打转。没想到爸爸这样感动，我真有些惭愧。因为，我是为完成老师布置的家庭作业才鼓足勇气向爸爸说"我爱你！"的。从小到大，我从来都没有向爸爸说过"我爱你"这三个字。爸爸一定觉得我懂事了，长大了。

爸爸闭着眼睛，似乎在细细品味刚才那动人的一幕。我问爸爸："你爱我吗？""哪个父母不爱自己的孩子？"爸爸说。"刚才我对你说'我爱你'，你有什么感受？"爸爸说："养你这么大了，第一次听到这句话，觉得你突然长大了，懂事了。"

"我爱你！"这三个字终于说出了口，我真高兴。

009

第一部分 爱的成长课

爱伴随着我成长

李招弟

妈妈的爱好短，只沐浴了我八个春秋，就被一辆可恶的大货车给"斩断"了……我趴在妈妈的尸体上又哭又喊，可是任凭我怎么哭喊，妈妈还是"狠心"地离开了我。岂知从那以后，我便像一条鱼儿畅游在另外一个更温暖的爱河里……

爱就像空气，就像阳光，无时无刻不围绕着我。在学校里，同学们对我比亲姐妹还要亲，总是拿出自己最心爱的东西给我，又怕我不收，说是送给我留作纪念；回到家里，村里的婶婶、大娘隔三岔五地送来一件件做工精致的新衣服……就连那步履蹒跚的老奶奶也会"掐"准我放学的时间，端来几个冒着热气的饺子，还亲自用筷子夹到我的嘴里……

去年春天，爸爸外出打工了。我因感冒发了高烧，得了肺炎。村支书张大伯知道了，就来到了我家，一边抚摸着我的头，一边拉住奶奶的手说："大娘，你放心好了，我带着孩子去看病！钱嘛，你家困难，村里给垫上！"说完就忙着去租车送我上医院。可就在张大伯的后脚刚迈出屋子，学校的李校长又跨进了大门，手里还捧着老师和同学捐来的563元钱……

我躺在病床上的一个月时间里，来往的人们如同穿梭一般，床前的桌子上堆满了水果、点心、补品……每天都有同学轮流为我送饭、洗衣服、收拾家务。我的功课也没落下一步。老师见我的病情好转，便给我开了"小灶"……

正是这无数颗爱心，使我生活在爱的海洋里，使我懂得：我也要为别人付出更多的爱，让世界充满爱！

谢谢你们的爱

赵洪波

在我十二岁那年，一场车祸把父母从我的身边夺走。一个原本幸福快乐的家庭就这样转瞬间支离破碎。孤苦伶仃的我无依无靠。父母的离开给了我沉重的打击，一向活泼开朗的我开始变得越来越孤僻，直到有一天，我来到了吉林省孤儿学校，在这里我重新找回了我自己，又过上了幸福快乐的生活。

记得我刚来学校的时候，我还没有从失去父母的伤痛中解脱出来。面对全新的学习和生活环境我还不适应，经常一个人在那发呆。这时，同学们看见了就主动接近我，陪我聊天，送我可爱的毛绒玩具，带我熟悉校园的一切，给我讲有趣的故事，让我体会到什么是同学之爱，手足之情。学校的老师更是本着"呕心沥血做辛勤园丁，无微不至做孤儿亲人"的原则，像妈妈一样关心、爱护着我们。有一次，我发高烧，老师在晚上查寝时发现了，她特别着急，量体温，找药，倒水，忙个不停。在老师的精心照顾下，我的烧慢慢退了，可老师怕我再发烧，竟然在我的床前守了一夜。一个个慈爱的眼神，一句句温暖的话语，让我再一次感受到久违的母爱。看着老师红红的眼睛，望着老师慈祥的面容，我一下扑到老师的怀里，情不自禁地喊着："妈妈，妈妈。"同学的帮助，老师的关爱，使我感到不再孤单，也不再自卑，我又重新找回了自我，又变得活泼开朗起来，我知道这一切都源自于"爱"。

虽然我们失去了父母，但我们却拥有了比别人更多的爱，这种爱除了来自同学和老师，还来自党和人民以及全社会更多的好心人。

以前我最怕过节，因为那时我会感到特别的孤单和寂寞。但自从来到孤儿学校以后，我最盼望的就是过节。因为每到过节时，有许多爱心企业和好心人来学校看望我们，为我们送来食品、衣服、学习用品……这让我们这群

被人们忽略的孤儿感受到社会大家庭的温暖，真正让我们感到"孤儿不孤，孤儿处处有亲人"。

其实，这些爱心人士为我们送来的不只是物质上的帮助，更是精神上的帮助。他们这种无私的爱，无形中化为一种力量，在这种力量的推动下，我们这些孤儿忘记过去，抛开烦恼，勇敢面对生活。在这种力量的鼓舞下，我们比同龄的孩子更加坚强，更加努力，更懂得珍惜，也更懂得回报。因为，我们知道，无论是现在还是将来，社会上像我们这样需要帮助的人还有很多很多，他们也需要我们的一份爱，所以我们要刻苦学习，掌握更多的科学文化知识，早日成为祖国的栋梁之材。到那时我们要用自己的实际行动去回报社会，去帮助那些需要我们帮助的人，因为我们要让这种爱的力量延续下去。

爱的重量

赵琳琳

人世间，每一个人都拥有一样东西，它很奇妙，会让人有一种不可思议的幸福感，这就是爱！

爱有好多种，每个人都拥有爱。家人的爱是亲情，朋友的爱是友情，恋人的爱是爱情。这些感情让我们的生活变得丰富多彩。

每一个同我一样大小的孩子，总会觉得父母每天唠叨个不停，有时会觉得他们烦得要命，因此总会找一些理由和借口远离他们。其实父母为我们做出了太多太多的牺牲，如果一个人连给予自己生命的父母都不爱的话，你觉得他还会爱别人吗？

什么是朋友？朋友就是在你身边为你加油为你担忧的那个人。你给予朋友什么，朋友就会给予你什么。真正的朋友，会因为你的存在而感到幸福，你也会因为有朋友而快乐。

我听说过这样一个故事，故事的名字叫作《一朵花的重量》。1925年，考古学家打开一个国王的金棺，他惊讶地发现，那具年仅十八岁的国王木乃伊的前额上放着一个小小的花环。那是年轻的王后送给亡夫的。"最感人的恐怕是那富有人情味的小花环"。考古学家的感情之弦被轻轻地拨动了。"尽管这里皆是皇家的豪华，但是什么也没有这几朵枯萎的花美丽。花虽枯萎，却还能辨出颜色。这些花告诉我们，3300年只不过是昨天到今天这么短暂的一瞬。"年轻的国王是幸运的，在他鲜活的生命之树夭折的时候，他不仅仅幸运地得到了那些金子，而且得到了一束世界上最珍贵的花的陪伴。国王死去3300年，可是他不会孤单，因为他有这朵花相伴身边。一朵花的重量也正是王后心的重量。

爱，生活在我们大家心里。用你最真诚的心去挖掘它吧！

爱的滋味

张 悦

今天的家庭作业是对爸爸妈妈说"我爱你"。

放学后，同学们聚在了一块悄悄谈论着。"肉麻死了！""哪怕抄5篇课文，我都不想说。""还爱呢，恨还差不多。"大家嘴上说不爱，心里呢？我还没说心就跳得七上八下了。

回到家，我站在镜子前对自己说："我爱你。"不行，太淡了，要加点糖。"我爱——你。"不行，也太腻了。"我爱你！"这样还行，我又念了几遍。妈妈回家了，"我，我……"此时我却不敢说了。妈妈看我支支吾吾的样子，问我怎么了，是不是又做了什么坏事，老师要请家长？我气愤地说："妈，你怎么这么说啊！""好好好，对不起，快去写作业，晚上还要上课呢！"妈妈一边和我说话，一边就拿起刷子为我洗球鞋。我只好退回到我的房间，准备"进攻"第二个目标——爸爸。这次我要换一种方式。

爸爸的"我爱你"还是写吧。我拿来一张纸，慢慢写下几个钢笔字："尊敬的爸爸，我爱你。你的毛毛。"字很认真，不能有错别字，格式要正确，否则会挨爸爸的"皮棍烧肉"。我将纸条放在爸爸的手机袋里。

爸爸回来后打开手机看时间，当他看见这张纸条时，走过来摸摸我的头说："懂事了！""爸，其实……"爸爸没等我说完就进厨房为我削苹果去了。就当这次是真的"懂事了"好了，我摸摸自己被爸爸摸过的头，回到房间写下了这篇作文。

看着爸爸妈妈为我忙碌的身影，我已经体会到爱的滋味。

我忘不了这件事

郭传宇

七岁那年，有一件事我这辈子也忘不了。

那时，叔叔得了重病，爷爷、奶奶、爸爸、妈妈每天都轮流去医院照顾。

一个周末的早晨，我一起床就闻到了一股浓浓的香味。顺着香味，我来到了厨房，原来是奶奶刚煮好的粥饭。我不由得直流口水，便撒娇着说："奶奶，我也要喝粥。"

"传宇乖，奶奶先去医院，回来给你做！这是给你叔叔做的。"奶奶说道。

"我不，我现在就要喝！"我不肯退让。

"传宇，你听话，不然奶奶不爱你了！"奶奶说道。

"哼，我不嘛！奶奶再不给我喝，就不爱我了。"我嘟嚷着嘴，不高兴地说。

奶奶说："传宇乖，奶奶要走了，等奶奶回来给你做！"奶奶大口大口地吃了个包子，匆匆忙忙地去拿件衣服，准备走了。

我看奶奶把装粥的保温盒放在餐桌上，就自己伸手去拿。因为矮，我够不着。我踮起脚，再次伸手去拿。不料，一不小心，没盖盖儿的保温盒被碰到了地上，粥流了出来。

我知道自己犯错了，默默地退到墙角。奶奶长长地叹了口气，没理会我，淘米重做……我分明感觉到，她似乎快要哭出来了。我的眼睛被泪水模糊了，心里像打翻了五味瓶似的，酸、甜、苦、辣、咸，什么滋味都不是。等奶奶赶到医院里，叔叔已经去世了……

我真后悔，因为任性，以致奶奶没能尽到最后一片爱心。现在，每当我想到这件事，就会后悔地直骂自己。我真希望世上有后悔药，如果有，我宁愿用一切代价去换！

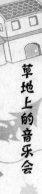

爱与被爱

李蕙桐

爱能清除悲伤的瓦砾，爱能推倒绝望的断壁，爱能点燃希望的灯火，爱能照亮内心的黑暗。爱，让我们有了信心；爱，让我们有了希望；爱，让我们有了力量。

生活中的每一天，我们都在爱与被爱。她无形、无声，却时时可体会；她无色、无踪，却时时温暖人心。母爱、友爱我感触尤深。

母爱如影随形，无微不至，无怨无悔，给了我无尽的力量。她像冬天里的一个火炉，给我温暖；她像夏天里的一片树荫，给我凉爽；她像雨天里的一把大伞，给我遮风挡雨……她快乐着我的快乐，悲伤着我的悲伤。母爱就是妈妈的每一个叮嘱，就是妈妈每天接我放学时期望的目光，就是妈妈放弃休息日陪伴我参加各类学习班时执著的身影……是母亲的爱给了我力量，引领我勇敢地走向前方。

友爱如沐春风，时时相伴，给了我无限的力量。她是一帆风顺时朋友的告诫；是困难重重时朋友的帮助；是身处逆境时朋友的支持……她是不抛弃、不放弃。友爱就像是春天的暖风抚慰我心灵的伤，帮我走出心灵的阴霾，重新积蓄力量。

在我们被爱时，我们也学会了爱。

让我们爱自己的父母亲人，因为是他们给了我们生命的权利，抚育我们茁壮成长，教育我们成材做人。

让我们爱自己的朋友，因为他们总是在你最需要时默默地伸出援手，帮你渡过难关，让你重见希望。

让我们爱自己的祖国，因为是她日益强大、繁荣、文明，给了我们快乐生活成长的家园，我们要为中华之富强而努力学习！

在爱与被爱中，我体会到了一丝绿意的温暖，让我自信，让我勇敢，是爱让我们有了无穷无尽的力量！

背 影

姜铭钰

朱自清的名作《背影》已镶嵌在我记忆的画屏上，成为一幅永恒的图画……在我眼前，在我心中，也映现着一幅鲜活的背影图。

那是星期六的上午，我好不容易"解放"了。为了让我放松心情，妈妈建议我出去兜兜风。我欣然答应了。

一路上，我欣赏着村路两侧的四季田野，心中有一股兴奋之情。我不时地凝望天上飞过的大雁，眺望远处的高楼，快活得如一只小鸟，翱翔在一碧如洗的天空中。

这时，我看见了这样一幕：女儿蹦跳着在前面，洒下一串串银铃般的笑声；母亲跟在后面，一只手提着满满一袋零食，一只手拎着女儿的书包，阵阵凉风不时掠过她那饱经风霜的脸颊。忽然一辆车疾驰而过，溅起了一片片水花，母亲先是一惊，随后立刻将书包紧紧抱在胸前，任凭那无情的水花打在她裤子上。那姿势，宛如一位母亲保护着婴儿，好亲切啊！看到这里，我鼻子一酸，泪水不由得夺眶而出，多么伟大啊！

"怎么不走了？"母亲轻轻地推了推我。"哦，我鞋带松了。""那我先走，你快跟上，注意安全。"妈妈边走边不时地回头望望我。猛然抬头，望见妈妈略弯的背影，眼睛再一次湿润了。十几年来，妈妈为了我的成长，兢兢业业地操持着这个家，奔波辛劳。她的容颜早已在日出日落中憔悴了，她的背亦微微弓起……

我感到有一座丰碑矗立在心中，那幅"背影图"悬挂在最高处。

爸爸的背

鲁 莹

在我的记忆中，爸爸的背是温暖的。

爸爸的背是我童年时的一匹"马"。小时候，我经常骑在爸爸的背上，嘴里还蛮有节奏地喊着："马儿驾！"心里甭提有多高兴。爸爸被我压得腰酸背痛，但他却乐呵呵的。

爸爸的背是一条航行在大海上的"船"。记得我上幼儿园的时候，连续下了几天的大雨。没有雨鞋，这可怎么办呢？吃过早饭，爸爸乐呵呵地对我说："来，爸爸背你去上学喽！"我都上幼儿园了，怎么好意思呢？可我又不能不去上学呀，我只好接受了爸爸的好意。"啪嗒，啪嗒，"爸爸一步一滑地慢慢地向前走着，艰难极了，而我却舒服地趴在爸爸的背上，就像坐在一艘大轮船上一样。

爸爸的背是一堵能挡风的"墙"。每天上学，放学，爸爸总是推着自行车接送我。冬天天气好冷啊，脚一会儿就冻麻了。爸爸就让我坐在他的车椅上，他那高大的身躯，就像一堵挡风遮雨的墙，我立刻就不冷了。

现在，我已经长大了，再也不需要爸爸为我辛苦了，可我还能感受到爸爸那深沉的爱，那温暖的背。

啊，爸爸，我的好爸爸，我要永远跟您在一起！

老妈学外语

姜　佳

俗话说"活到老，学到老"，可是我的老妈早就对学习失去了兴趣。我这个女儿总不能袖手旁观吧！所以，我决定教老妈学外语。

吃过晚饭，我把老妈拉到客厅，郑重地对老妈宣布："老妈，为了让你适应这个日新月异的社会，从今天起，女儿舍命陪君子，决定教你学外语。"虽然我说得斩钉截铁，可老妈还是一副若无其事的样子，笑着说："算了吧，我们农村人，能说一口流利的普通话就不错了，还学什么英语呢！不学！不学！"听老妈这一番话，我可来气了，教老妈学外语的决心更大了。于是，我找来《英语基础单词表》，决定先教老妈学习关于颜色的单词。要求是，我读一遍，老妈跟读一遍，并把它记牢。

第一个单词red（红色），老妈想都没想，脱口而出"绿的"。"哈哈！"我笑得肚子都疼了。我好不容易忍住笑，"老妈，你这是在学外语，还是在学语文啊？"妈妈连忙辩解说："刚才没听清，这次不算，下一个，下一个。""好，下一个单词是yellow（黄色）。"这次，老妈琢磨了一阵，"一楼？""哈哈哈……"一旁看报的爸爸和我笑得眼泪都流下来了。我跟老妈打趣，"老妈，我觉得你说得挺好，中西结合，把英文读成中文，你说，谁有你这本事？"老妈也忍不住"扑哧"笑了。我们的笑声充溢了整个客厅。

老妈学外语虽然以失败告终，但是，我却从中感受到了家的温暖！我爱我家！

落日的余晖

陈沁格

在梦中，我又见到了落日的余晖，金灿灿的，洒满了大地。

三四岁时，爸妈工作忙，把我放在乡下奶奶家。吃饭时，奶奶总把好吃的让给我，表妹在一旁妒忌，奶奶总是笑着摇头。有一次，我们姐妹吵着要吃红薯，当时家中没有，奶奶只好到地里去挖。天空刮着大风，外面冷极了。

我们等了半天，不见奶奶回来。我和表妹顶着大风，来到地里。奶奶见我们来了，大声说："快回去！你们怎么来了？"

夕阳露出了笑脸，把天空、大地抹上了一层余晖。奶奶踏着余晖，提着一篮子红薯走进家门，脸上容光焕发。我们欢呼雀跃，吃上了红薯，觉得无限的幸福。

到了上小学的年龄，我被爸妈接回了城里。分别的时候，奶奶把我们送上了车，她含着泪花，站在西斜的夕阳中，目送着我们的汽车奔驰在金灿灿的大道上，恋恋不舍地挥动着右手。

上了小学，我一个寒假回去一趟。每次回去时，奶奶总是站在村口，迎接我们。

吃完晚饭后，我跑到外面玩，不小心抖落掉上衣口袋里的一枚硬币。我心急如焚，找了半天也没找到。奶奶知道后，拿着手电筒赶了出来，说："别急啊！奶奶帮你找！"她弯着腰，瞪大了昏花的眼睛，仔细地搜索。找了好久，奶奶小跑过来，欢天喜地地说："找到了，找到了！"高兴得跟我们小孩子一样。我接过硬币，看见奶奶满脸的尘土，呆了。

转眼间，我上六年级了。在这十二年里，我和奶奶走过了多少落日的余晖，每当走在余晖下，我都会觉得无比的温馨与亲切。

我梦想中的儿童节

张 振

今天，老师在作文课上问我们，六一儿童节快到了，你最想和谁一起过？准备怎么过？如果愿望真的能够实现，妈妈，我希望六一儿童节那天和你一起过。

妈妈，六一儿童节这天怎么过我都安排好了。

妈妈，我不要你给我买新衣服，我的衣服够穿的，而且我们经常穿校服呢；妈妈，我不让你带我去吃肯德基，报上说洋快餐吃多了对身体不好；妈妈，我也不要任何节日礼物，因为你来和我过儿童节，就是我收到的最好的礼物！

妈妈，我要你带我回到乡下老家看看爷爷奶奶，我很想他们，也想村里的小伙伴。我们和爷爷奶奶一起吃顿饭，有我在，爷爷奶奶会吃得很开心，虽然他们不知道什么是节日快乐，但是他们知道团聚就是最快乐的节日。

妈妈，饭后，我们在一起说说话，我会给你讲我们学校里发生的有趣的事情，讲我取得的好成绩，讲我对你们的思念和牵挂。妈妈，你也给我讲讲你们打工的辛苦和乐趣，说说那个很远很远地方的风土人情和风景名胜，说说因为没有太多的知识，你所受到的苦和累。

妈妈，和爷爷奶奶告别后，我们又回到了城里，因为明天我要上学，你要回去工作。如果还有点儿时间，我们就去一次公园吧，我不是去看园里的动物，也不是去玩旋转木马，妈妈，我们好久没有在一起照相了，我要和你照一张合影，我会笑得很甜很甜，因为这一天是六一儿童节，我和妈妈在一起。

妈妈，当我再想你的时候，我会看看照片，同学们就不会笑话我在梦里喊你了。

妈妈，我多希望这个梦想中的六一儿童节能够成真啊！

小餐桌，大变化

谢思雨

"啦啦啦，啦啦啦，家乡的变化真正大，小餐桌大变化，螃蟹、鳜鱼、河虾进了餐桌……"我踏着歌声来到了厨房，一阵诱人的香气扑鼻而来。你看，一对对炸得金黄喷香的油炸鸡翅，一个个肥嫩鲜美的红烧狮子头，一只只威风凛凛的大虾，多么诱人啊！

我将嘴巴塞得满满的，还不时往碗里夹菜。家人们看见我这副"猴急样"，哈哈大笑。在吃完满满的一碗饭后，我对外公说："外公，今天的菜真是不错，对了，你们三十年前吃什么啊？"

外公揉了揉眼睛，好像又回到了从前，羡慕地望了望我，苦笑着说："我们那时候，正好是20世纪70年代后期，农村刚刚实行生产承包责任制，每个农民都忙着下地干活儿，根本没有时间烧菜，那时只能吃青菜、萝卜、咸菜、豆腐汤。只要做个白菜豆腐，就能把咱们乐上天。只有春节，伙食才有改善，才能闻到肉味，唉……"

妈妈接过话茬，说道："妈妈像你这么大的时候，日子好多啦！家里每个星期都可以吃上一顿荤菜，你外公和你外婆非常能吃苦，养猪、养蚕、种蔬菜、种水稻……样样活都干，平时你老妈想吃一顿荤菜，你外公便会慷慨地掏腰包，买一斤肉，买一条鱼给你老妈吃！"妈妈说得眉飞色舞，两眼放光。

"是啊，我们的生活越来越幸福啦！"爸爸也不甘寂寞，感慨万千地说道："到了20世纪90年代中期，人们差不多每天都有荤菜，逢年过节不是杀鸡就是宰鹅，哪家不是七荤八素。爸爸就是那时候发胖的，弄得现在忙减肥。"

凉风习习，皓月当空。而我呢，意犹未尽，正回味着外公和父母说的话。小小的餐桌如一面镜子，它折射着改革开放30年家乡的神奇变化！我坚信祖国的明天一定更美好！

穷爸爸给我带来了无私的爱

李　双

我有一个穷爸爸，他是个搬运工人，每天都在艰苦的环境下工作，甚至夜里都在工地上度过，家里就靠爸爸那份微薄的工资维持。但我不会因此去羡慕那些家庭富有的同学，因为我的爸爸给予了我无私的爱。

那次，我和爸爸妈妈一起去买衣服。我知道家里情况不好，于是专挑那些便宜的衣服。这时我看见了一件特别适合爸爸的衣服。

我对爸爸说："爸爸，这件衣服很适合你呀！把它买下来吧？"

爸爸看了看标签"168元"，有些遗憾地说："不，我现在还有衣服穿，用这些钱可以给你多买几件衣服！"

我想爸爸一定很想买这件衣服，要知道爸爸从来没有买过超过120元的衣服，一定是舍不得钱。

后来，我看见爸爸总是穿着带补丁的衣服，便问爸爸："你的衣服都破成这样了，怎么还不去买件新衣服呢？"

"哎呀，有穿的就行了，还这么讲究干什么呀？"

"那你为什么给我买新衣服？并且每件都很贵。"

"这……"爸爸皱了下眉头。

"孩子，爸爸是怕你在同学面前丢面子呀！"

"爸爸！"我扑到爸爸的怀里，觉得好温暖。

爸爸虽然是个搬运工，没有太多收入，但是他给予我的爱却一点儿也不比那些富爸爸们少。有些人以为有钱就会拥有一切，也有人会把自己的富爸爸当作依靠。可是，钱不是万能的，钱能换来那无私的爱吗？同学们，也许你也有一个和我一样平凡的爸爸，但是你们千万不要觉得自卑哦，这样的爸爸是最伟大的，你们都要细心地品味这份珍贵的父爱啊！

富爸爸给我的多彩童年

许广二

　　我的爸爸是一个板栗商人，大家都说我出生在富裕家庭里。从小爸爸就给予我很多方便，带给我许多物质上的满足。从小到大我总是"要风得风，要雨得雨"。电脑、数码摄像机、滑板、自行车，还有各种精彩绝伦的图书，我应有尽有；每到寒暑假爸爸只要有空就会带我出去旅游，丰富知识。因此，我心中也出现了模糊的信念：富爸爸，真好！

　　那是一个阳光灿烂的早晨，爸爸带着我下了飞机。来到了海滨城市深圳。

　　首先，我们将目标锁定了书店。杨红樱的《笑猫日记》、郑渊洁的作品都是我的最爱。而爸爸特别支持我读书，他常说："多读书好，将来做事业需要知识。"

　　"老爸，我挑好了！"他二话没说，拿出银行卡。"唰唰"，柜台上的数字上升到了三百元。那些书籍都成了我的囊中之物。

　　购物完毕，我们又来到深圳的著名公园"世纪之窗"。随着人群的涌流我们到了"恐龙时代"。

　　"嗷嗷——"一声毛骨悚然的叫声在我耳边传开。

　　"爸爸，那是什么？"我指着一只恐龙问。

　　"那是鸭嘴龙，长年生活在水底。"爸爸又充当起教授来。

　　"那又是什么呢？"我指着一只样子凶猛的恐龙问。

　　"这是霸王龙，性情残暴。"爸爸回答道。

　　随后，我们又到了海边。在碧蓝色的大海边嬉戏，我抱着游泳圈在大海中漂流。忽然，一个浪头打来，把我的游泳圈打翻了，我也沉入了海底。

　　"爸爸。"我刚喊出口，就呛了几口水。海水把我的嗓子呛得冒烟了，忽然，从背后伸出一只手，一把将我拖出水面，顿时，我觉得爸爸的手真伟大。

　　谁说富爸爸只能给予金钱上的享受，生活上的方便？爸爸让我的童年多姿多彩，让我去了许多地方，积累了好多知识，也让父爱渐渐流入我的心田。感谢富爸爸！同学们，你们想拥有这样的爸爸吗？

我希望我是小豆豆

高艳君

　　我们学校搞了一次非常有意思的活动，老师、家长和我们一起读日本的黑柳彻子写的《窗边的小豆豆》。因为有妈妈陪我读，我读得很认真。

　　小豆豆是一个天真无邪的小女孩，她干出来的事儿常常让人哭笑不得。在一年级的时候就被退学了，理由是她捣乱课堂，使得老师无法继续教课。于是她就来到了电车学校——巴学园。她喜欢这个学校，尤其喜欢巴学园的校长，他非常的亲切、耐心。这个学校的教育方式很特别：每天上课的科目由同学们自己选择；去散步、到野外郊游，吃饭要吃"山的味道，海的味道"，还必须唱歌："好好嚼啊！"……在这个学校，别人并没有把她当成"坏孩子"，她也交到了许多好朋友。

　　在"试胆量"这一活动中，巴学园让孩子们去体验与尝试，让孩子们通过各类游戏，相信世上无鬼神之说，不靠上帝，靠自己不断努力进步，探索自然奥秘。还记得我上三年级的一天晚上，爸爸妈妈外出有事，留我一人在家。我听大风"呼呼"吹着，周围静悄悄的，我心里一惊，一溜烟儿跑进房间将门反锁……只听门"轰隆"一响，"鬼！"我大惊失色，打开房门一看，原来是爸爸妈妈回来了，虚惊一场！读完小豆豆后，我才发现那时的我是那么荒谬，那么愚蠢。困难像弹簧，你强它就弱，你弱它就强！

　　我多么希望我是小豆豆，我也希望我的老师像小林校长一样，我也想妈妈像豆豆妈那样。我想到巴学园里快乐地学习，快乐地玩耍，有着充分的自由，无拘无束……

爱究竟是什么

—— 《爱的教育》有感

陈修齐

前些日子，我读了一本好书，是由意大利作家亚米契斯写的《爱的教育》。书中讲述了主人公安利柯在一个学年中所记的日记，以及每月一次老师所讲的关于意大利少年的故事。《爱的教育》里没有乏味说教，没有豪言壮语，也没有轰轰烈烈的英雄事迹。它所写的只是一些平凡而善良的人物：卖炭人、小石匠、铁匠的儿子、少年鼓手、带病上课的教师……以及他们的平凡生活。正是这些看似平凡、实则真实可信的记叙，把我带入一个爱的世界，让我在爱中受到教育。

走进安利柯的生活，与他一起分享生活中的一点一滴，目睹安利柯和他的同学是怎样学习、怎样生活、怎样去爱，我发现爱中包含着对生活的追求。从安利柯一学年的经历中，颂扬了爱的美德、高尚的心灵，教诲我们爱祖国、爱人民、爱大自然、爱学习、爱劳动、爱师长、爱伙伴。

027

爱之所以伟大，是因为他不仅仅是对个人而言，更是以整个民族为荣的尊严与情感。爱不加虚伪，不加冷藏，如果静下心来细细品味我们周围的一切，一定会发现在这个世界上，有那么多人疼我，爱我，帮助我，我多么幸福啊！

我真心地把《我的教育》这本书推荐给大家，把这种美好的感受带给更多的人。

第一部分 爱的成长课

美丽的星空

张永欣

　　每天夜晚都会有许多小星星，它们像一盏盏明灯，为夜间行人照亮前进的路，又像一颗颗小眼睛在看谁最调皮，谁最听话。星星还像五线谱上的音符，它们一闪一闪的，演奏出一首首悦耳的曲子。

　　星星在一起，组成了许多种星座，有天马座，它像一只正在奔跑的烈马。还有天蝎座，它像一只正在向人们示威的大蝎子，扬着尾巴。还有猎户座，它就像一位猎人正在打猎，夜间的星空真是绚丽多彩。

　　我又看见了银河，它像天空中的白丝带，又像奔腾不息的长江黄河一样，雄伟、壮丽。这时，我忽然想起了牛郎织女这个美丽的传说。相传，他们只有在七月七日的鹊桥上才能相见。

028

　　你们见过流星吗？它仿佛是银河里溅出来的水花，每当看见流星，我就会许下自己的美好愿望。

　　现代人对宇宙的探索有很多，不久前，就发射了"嫦娥一号"。我也要好好学习，长大为祖国做贡献。

　　我还知道一些关于星星的谚语，有"星星频眨眼，下雨定不远"，还有"天上星星跳，地下雨水倒"。星星告诉我们天机，为人类造福。

　　我觉得星星有一颗美好的心灵，因为它们虽然微小，却仍然散发着光芒，给人类照明，我们也要有一颗美好的心灵。

　　我喜欢星空，因为它们是那么美丽，那么富有神秘的色彩。

感　恩

金　鹏

　　"感恩的心，感谢有你……"每当听到这首《感恩的心》，我总是百感交集，心情激动。

　　"人活在世上，是为了感恩。"这句话不知从哪本书上看到的，我特别赞同。

　　我是大千世界上的一粒细沙，来到这世界不是毫无理由的，我有一颗志向高远的心，梦想当个伟人。但那颗脆弱的梦想之心在那高大的分数墙上落下时——碎了。我表面无所谓，但总是默默伤心。是谁安抚我那伤心的心灵，是她，她对我关怀备至，从不打我，她便是我的妈妈。

　　妈妈呀，你知道吗？你虽然是个平凡的人，但你可知在你儿子心中你是个谁也比不过的巨人。你和爸爸为了这个家操了多少心？流了多少汗？而为的就是让你的宝贝儿子有个舒适的学习空间，将来有个好前程。

　　那天，你在浇吊兰，我在看电视，正好听到这首《感恩的心》，我不由得感动万分，想表达一下我对你的感恩。

　　我走到你那儿，叫了声"妈"，"嗯？"你转过头疑惑地看着我。我看着你的脸，不想喉咙竟如被棉花堵住了，我连忙跑走，你奇怪地问道："怎么了？"

　　我回到房间，心中大骂："胆小鬼！胆小鬼！妈妈为了我付出这么多的代价，而我竟这样……"

　　理好情绪，我再次走到妈妈那儿，我一下子抱住妈妈喃喃道："妈，我爱你，你辛苦了！"我隐约看到妈妈的脸上有两颗晶莹的"珍珠"悄然落下。

　　啊！可怜天下父母心，向你的父母说一句"我爱你吧！"

　　人活在世上，是为了感恩……

　　"感恩的心，感谢有你，让我一生……"

不老的爷爷

李　琪

我的爷爷七十出头，但一点儿也不老。

身不老：爷爷年轻时以扎扫帚为生，为了生计，经常蹬着三轮车四处奔波，卖扫帚。如今爷爷的身体仍旧那么硬朗，仍可以一口气从麈村老家骑到樊川，大气都不喘一下。每逢有人对他说："您老真是精神抖擞，威风八面啊！"他总是谦虚地说："好汉不提当年勇，人老了，怎么还会奢望青春年华呢？"

心不老：爷爷还有一颗不老的童心。有一次，我与爷爷去中学玩，因为初来乍到，爷爷对一切都充满了好奇，一会儿跑到喷泉那儿指着一对白鹤说："中学可真有钱，竟然把国家的保护动物给弄来了！"一会儿又跑到单杠前，做起引体向上，还自豪地说："怎么样，是这样玩吧！看你爷爷多聪明，你得好好学学！"我暗暗发笑。

爱不老：爷爷的心很细，对我的关爱无微不至。一次，我去同学家参加生日派对，玩到很晚才回家。爷爷打发我去睡觉，但我却听到哗哗的水声。我下床一看，原来爷爷正把我那件滴了许多奶油的蓝色羽绒服放在水里洗呢。只见他从水里拿出衣服，用肥皂擦了擦，再用手搓，再浸，再搓，还把衣服放在灯下看了又看。在这大冷天里，水是如此的冰冷，爷爷的手被浸得泛了白。我的泪水忍不住在眼眶里直打转。第二天，我明知故问："爷爷，衣服是谁洗的啊？"爷爷不失幽默地说："爷爷晚上睡不着觉，骨碌一下起床来，可是没有事情做，只得'清理'你的衣裳。"

把快乐埋进坑里

程 雯

童年幼小而无知，做的事却十分有趣。

一次，在姥姥家，我和弟弟、妹妹在院子里边玩，看见一个大葫芦，弟弟把大葫芦抱过来，妹妹上去踩了踩，很硬。我也不由自主地上去踩了踩，只听见"砰"的一声响后，我重重地摔在了地上。弟弟、妹妹见状哈哈大笑。我火气冲天，一下子把大葫芦踢到"十里之外"。看见地上洒满葫芦种子，我想起姥姥种菜的景象：先挖坑，再播种，最后埋上土，浇上水。我对弟弟妹妹说了之后，便拿起铲子挖起坑来。挖好了一个，可是太深。就又挖了一个，又太宽。反反复复好几次，才挖好了一个令人满意的坑。再一看，院子里到处是凹凸不平的小坑。看看鞋上，哈！哥哥鲜艳的花鞋都变成了"土里滚"。我的红皮鞋也面目全非了。我们互相看着对方，哈哈大笑起来。不仅仅是鞋子上，我们的身上脸上也是满满的泥土味道。可我们的快乐却是满院子里飞呢！我们唱着跑调的歌，把种子认真地放入一个个坑内，埋好土，又浇了水，虽然弄得地上变成了一块泥塘，可是，我们仿佛看到自己种的葫芦已经爬得满院子满墙了，还为谁种的葫芦结的大而争得面红耳赤呢！那个烈日炎炎的中午虽然没有一丝风，但我却总也忘不了那个给予我快乐的日子。虽然我们都忽略了一件大事，烈日炎炎的夏天并不是种葫芦的时候，可我们却把快乐种进了每个小坑里，种进了我们的童年里，种进了我们的记忆里。

我、弟弟和妹妹期待了一个长长的夏天，我们天天围着那一个个不规则的小坑看啊看啊，可小坑里依旧没看到绿绿的小芽出现。

直到现在，我还能在姥姥的院子里看到我们小时候挖的坑，看到那些大小不一的坑，我就满心地快乐起来，很开心的笑就会溢满整个脸庞。

我是幸福的

束　超

亲爱的爸爸、妈妈：

你们还好吗？我已经有好长时间没有看到你们了，不知道你们在那边工作累不累？快乐不快乐？

爸爸，你上次打电话回来，要我好好听爷爷的话，并且告诉我，你们那时的童年过得可艰苦了，要我珍惜现在的幸福机会，努力读书，争取长大比你有出息。爸爸，当时我虽然嘴上答应你了，但心里可没有觉得自己有多么幸福。后来的几天，爷爷向我讲述了你们的童年生活后，我一下子觉得自己太幸福了！

爷爷说，那时候的你每天早晨都要自己做事情。每天天还没有亮，你和姑姑两个人就起床了，一个烧早饭（可不像现在在煤气灶上烧，要在灶膛里烧柴火呢）一个扫地。吃完早饭，两个人还要走几里路去学校上学。而现在的我，每天早晨都有现成的美味早餐热乎乎地等着我，吃完早饭，爷爷马上骑着电动车送我到学校，多幸福啊！

妈妈小时候也是这样，每天放学回家第一件事情就是去割草喂羊，然后烧晚饭，只有晚饭吃完了，才有时间趴在煤油灯下开始写作业，常常忙到九十点钟才睡觉。而我现在，放学到家，爷爷首先要问我饿不饿，忙着买各种好吃的给我吃。先填了肚子，才开始写作业。一会儿工夫作业就写完了，又出去玩儿，一直到吃晚饭回家。看完电视睡觉时才不过八点多。和你们相比，我现在真的是好幸福啊！

爸爸、妈妈，我还有许许多多的幸福要告诉你们！但我最想告诉你们的是：因为有了你们的关爱，你们的辛苦付出，我才是幸福的！我一定不会辜负你们对我的期望！

祝爸爸、妈妈工作顺利！身体健康！

懂 你

张 航

　　"到底去不去向她道歉呢？"面对良心的谴责，我在苦苦思索。

　　唉！今天晚上我又和妈妈吵了一架。其实也没什么大事：晚上我放学回家，发现家里的门还锁着，我又没带钥匙，只好在外面苦等，等着等着，天就黑下来了。这时，妈妈急急忙忙地赶回来了。她架好车，一边开门，一边气喘吁吁地说："对……对不起，儿子，今天……单位临时加班，所以迟了……"她的脸上写满了歉意，平日里整整齐齐的头发显得乱糟糟的，额上密密地满布着细小的汗珠。

　　我想说"没关系"，但不知怎么的，却把憋在肚子里的火一股脑儿地发了出来。

　　"真是的，怎么这么迟，今天作业可多了，肚子早饿了……烦死了，真是的！"我一边叫喊着，一边冲进了书房。

　　我发疯似的在书房里搐了一阵书包，气也消了不少。做了会儿作业，我侧着身子，探出头来，妈妈正在厨房里做饭，昏暗的灯光下，妈妈那疲惫的身影显得更加瘦弱，更加憔悴。我不禁难受，心中涌起了愧疚之情。

　　"我刚才是不是太冲动了……其实，妈妈也够辛苦的……我饿，她就不饿吗？"

　　我的目光落向了桌上的那盏台灯。这盏台灯可有来历了，它是我十岁生日时妈妈送给我的礼物。多年来，它一直用它那柔和的光，默默地伴我共度无数个晨昏和黑夜，给我光明，给我温暖，给我希望。

　　是啊，妈妈不正像这盏台灯吗？多年来，正是她，一直在无微不至地守护着我，养育着我，用她那无私而伟大的母爱，给我欢乐，给我关爱，给我

033

信念。是妈妈给了我生命，是妈妈给了我一切……难道我不该感激妈妈吗？难道我不该向妈妈道歉吗？

　　我"霍"地站起身来，悄悄擦去眼角的泪花，带着满心的感激和愧疚，微笑着走向了厨房……

我有一双隐形的翅膀

厉玮冰

"我知道，我有一双隐形的翅膀，带我飞，飞向远方……"每当我听到张韶涵这首动听的歌，就会想到：其实我也有一双隐形的翅膀，它的名字就叫——亲情。

左翼是如山的父爱，右翼是似水的母爱，这对翅膀带我飞过了学习中的困难，跨越了成长中的困惑。

在学习中，那一道道难解的几何题让我没有了自信，失去了耐心。这时，那母爱的右翼发挥了作用。母亲说："没有关系，只要尽力，总会成功。妈妈相信你，妈妈是你永远的坚强后盾，是你永远的鼓励者。"这简简单单的几句话，似泉水般流过我的心田，我的心中顿时安稳了许多，舒服了许多，让我又重新找回了自信。当我的作文写不好时，妈妈还会说："换个角度试试，孩子，我是你忠实的读者。"当我没有考好，赌气摔门，不吃饭，不开门时，妈妈知道当时不能劝我，她就会给我从门缝里轻轻传个纸条，写道："失败是成功之母，做人要输得起，相信你，再次努力！"看，我的右翼就是这样带着我，右翼的温柔好像有一种神奇的力量，给我自信，使我在不知不觉中进步。

左翼的父爱教会我成长。从小，爸爸就很信任我，一年级的时候，他把家里的钥匙交给我，把一些事情交给我去做，我真的很感动，爸爸对我有足够的信任和爱的目光。爸爸不会剥夺我童年的快乐，也不会让我失去尊严。那左翼很伟大，在部队他是堂堂后勤部长，在家中，他一点儿架子也没有，有时还会跟我抢东西吃，装大马让我骑。他会用孩子的眼睛看世界，他做了什么不对的事也会对我道歉。我敬佩我的左翼！左翼是我心中永远不落的太

035

阳，是我心中高耸的大山！

我爱我的右翼，同时我也爱我的左翼。

这双隐形的翅膀给我成长的空间、理想、体验和肯定，这双隐形的翅膀一直带我飞上天空，飞上高山，寻找我的未来！

我想有个家

李 萍

我出生在一个感情破裂的家庭。爸爸、妈妈长期不在一起，妈妈在家种地，爸爸在深圳打工。爸爸刚出去打工那几年，每年过年还回家一趟，并且偶尔向家里寄点钱。可好景不长，没过多久爸爸不仅不寄钱了，而且更不回家了。妈妈听别人说爸爸在外面又有了女人，当时妈妈很生气，真想和爸爸离婚，可妈妈为了我，奔上了南去的列车去找爸爸。我被寄托在姥姥家。

本以为这样我们一个完整的家就可以保存下来。可妈妈和爸爸和好之后，他们的矛盾更多了起来，感情上的裂痕进一步加深了，爸爸又养成了酗酒、抽烟、懒惰的不良习惯。终于，爸爸和妈妈去年离婚了。在法院传讯我的时候，我整整哭了两天，真想让这个世界大爆炸，真想这事不是发生在自己的身上。最后法院把我判给了妈妈，爸爸每月给我两百元的抚养费。可没过多久妈妈又嫁他人，听说爸爸也又结婚了，我这个没人要的孩子只有跟着姥姥生活。我恨爸爸，也恨妈妈，恨他们选择离婚，在我幼小的心灵上留下了不可愈合的伤口。

每当阴天下雨的时候，我看到同学都有爸妈来接，而我独自一人穿梭在回家的路上，我的心就感到酸酸的。当别的孩子都在父母的呵护下逛街，而我却和七十多岁的姥姥蹒跚地走着时，我的眼泪就会在眼眶里打转……记得有一回，老师让同学们谈谈和爸爸、妈妈在一起最愉快的事。大家都高高地举起手，高兴地讲述着。可我呢？只能深深地低着头！

我恨离婚的爸爸、妈妈。我多么想拥有一个完整的家！

037

快乐大本营

于千舒

快乐大本营，天天好心情。在我们这个其乐融融的大本营中，有三名成员，这里经常笑声不断。请欣赏下面三个镜头：

镜头一

最近，中央电视台正在举办"CCTV模特大赛"。老爸不知道是哪根筋不对，突然心血来潮，也要走模特步。只见他挺着啤酒肚，双手叉在腰间，沿着一条直线边走边晃，左右摇摆。滑稽可爱的样子引逗得我流出了眼泪。我说："老爸呀，你看电视里的模特像清新脱俗的天鹅，你呢，你也是鹅，不过呀，你是天鹅的远方表兄——企鹅。""哈哈哈……"屋子了充满了欢快的笑声。

镜头二

爱美之心，人皆有之。我的老妈也一样。她每天早上洗脸时，都要对那"可怜"的镜子抱怨，怎么把她照得那样难看。有一次，爸爸笑着对妈妈说："哎呀，你看看你，都瘦成什么样了，你要是再这么瘦下去，可以和咱们家的酸菜缸有一拼了。"妈妈郁闷至极。于是，妈妈的减肥计划开始了。一日，妈妈兴致勃勃地打开电视机，以迅雷不及掩耳之势调到一档美食节目，电视中正在教"炸虾仁"。妈妈对那道菜真是赞不绝口，简直达到"口水直流三千尺，疑是银河落九天"的境界。爸爸常常这样评价，古时有"望梅止渴"，今朝有"观视解馋"。

镜头三

要说我么，有一个别致的雅号"错字大王"。这不，妈妈给我罗列了下列"罪行"。罪行一："过年了，妈妈把煮好的饺子一盘一盘地揣（端）到桌子上。"罪行二：课程表上，不慎把"自习课"抄成了"自己课"。妈妈常常被我弄得哭笑不得。

有一天，姥姥来我家"考察工作"，听到我们"不绝于耳"的笑声，当场决定送给我们一副对联，上联是：欢声笑语中有乐趣，下联是：妙语精言里无忧愁。横批是：快乐大本营。

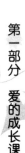

第一部分 爱的成长课

送给父亲的生日礼物

董 凡

冬天快到了，父亲的生日也快到了。我翻着日历纸，在心里默默地一页页数着。

每当我过生日，父亲总为我欢欢喜喜地忙碌着，而没有见过他为自己的生日庆贺一次。我问父亲什么时候过生日，他总是憨厚地一笑，说："生日是小孩的，我像你一样大时也年年过生日。"我知道父亲说的话，只是哄我而已。后来，我缠着母亲，才知道父亲的生日。

我的父亲是个农民，整天与泥土打交道。风里来，雨里去，起早贪黑，挑东卖西。常年风吹日晒，黑黝黝的额头上，几道皱纹像刀刻一样，他的容貌与他的年龄已极不相称。每当傍晚，我看到父亲十分疲惫地赶回家，真恨不得一下子长大，为父亲分担家庭的重担。但他回家后，留给我们的始终是微笑。

父亲的生日一天天临近了，我反复地数着口袋里积攒的一点零花钱，盘算着如何给父亲买一件生日礼物。买一包烟吧，父亲前年已将烟戒了；买一瓶酒吧，父亲近一段时间又咳嗽了。买什么？买什么？我真不知道该买一件什么礼物。

10月15日，父亲的生日到了，送给父亲的礼物依然没有着落。这一天，父亲仍是很早就扛着农具下田了，晚上，又是借着月光，带着一身的疲倦回来。初冬的寒风，吹得父亲的脸十分憔悴，破旧的解放鞋有一处已遮不住脚面。父亲坐下，准备脱去带着泥土的破鞋，这时，我脑子里一闪，赶忙端来一盆热水，放在父亲的脚前，说："爸爸，今天我帮您洗脚。"父亲诧异："为什么？"我说："今天是您的生日，这是我送给您的生日礼物呀！"父亲笑起来了，好像有所醒悟，说："这我自己来，你还是去学习吧。"我坚持着："爸爸，您得收下我的礼物呀！"

我拉着父亲的脚，父亲无奈地把脚伸进水盆里。我轻轻地擦洗着父亲粗糙的脚面，抚摸着脚跟皴裂的伤口，抚摸着脚底厚厚的茧子。洗着，洗着，一股暖流传遍我的全身，心中涌起情感的波涛。为了支撑我们这个家，父亲用这双脚不知走过了多少泥泞坎坷，走过了多少风霜雨雪，走过了多少春夏秋冬。

　　此刻，我眼里不禁涌出一串泪珠，滴在父亲的脚面上。父亲双手捧起我的脸，用粗糙的手指擦拭着我脸上的泪水，我发现父亲的眼里也闪动着泪花……

第一部分　爱的成长课

妈妈的"辞职书"

黄志明

放学铃刚响过，我便匆匆地往家跑。这不，肚子正在唱"空城计"呢！妈妈一定准备了丰盛的午饭吧？那喷香的米饭、令人垂涎的油炸鸡腿……此刻都钻进脑子里来了。

好不容易回到家，却发现家里一个人也没有。妈妈去哪儿了？突然，我发现餐桌上放着一张纸条。我走近一看，吓了一跳，竟然是妈妈的《辞职书》：

> 因为"小王子"志明太挑食了，本人绞尽脑汁也无法做出令他满意的饭菜，所以，我决定辞去家庭厨师一职。建议从即日起，由你爸担任此职务。
>
> 妈妈

的确，我平时很挑剔，妈妈尽心尽力、不断变着花样做出的饭菜，我总是横挑鼻子竖挑眼的，没有一天满意。唉，我真不该！以后，谁给我做饭啊？要说爸爸呀，他可是从未下过厨房，对做菜一窍不通的呀！看来啊，我只有向妈妈做深刻的检讨，才能让她收回《辞职书》。想到这儿，我立即拿来纸和笔写起《检讨书》。

妈妈回来了，我像跟屁虫似的跟着她，问长问短的，可妈妈却不理不睬。我只好使出最后一招——把《检讨书》恭恭敬敬地递给妈妈。妈妈一看，忍不住呵呵笑起来，她终于原谅我了。妈妈马上到厨房，奏起那动听的"锅勺交响曲"来。

从此，我再也不敢挑食了。

雨中的那把伞

屈佳楠

雨下得那么大，像从天上倾泻下来似的，打在那些栀子花上，花瓣顿时没了姿色。那天，我和最好的朋友小珍吵架了，进入了冷战，我看着那些曾经陪伴我俩度过快乐时光的栀子花，心中不禁又懊恼几分，狠狠地摘了两朵，雨水从花瓣上滚落下来，浸湿了我的衣服。

雨滴答滴答，猛烈撞击着地面上的万物，本来清脆的声音在我听来是那样的刺耳，我和小珍的友情也在这一瞬间化为乌有。门前很快形成一幅"雨帘"，我伸出手探了探，雨还是那么大，那么刺人。我用书包挡在头上，一路狂奔，好不容易冲到了走廊，但眼前的场景又让我犯了难，走廊一片"汪洋大海"，雨还是不时飘了进来。

以前放学时，如果下雨了，小珍总会和我一起回家，和我合撑一把伞，现在我孤身一人。我回头向教室望去，里面的同学几乎已经走光了，只剩下稀稀拉拉几个同学在扫地，我叹了口气，还是没有找到那个熟悉的身影。我继续向前走去，雨点打在身上很疼。什么友情比天长、比海深都是假的！心里酸酸的，原来失去一段友情竟是这种感觉。

忽然，我的头上不再滴雨，我向上望去，一把曾经专属于我和小珍的雨伞撑在了头上，小珍沙哑的声音再次回绕在耳畔："一起回家吧！淋雨会感冒的，何况你妈妈还在等你呢！"我转过身去，小珍已站在我身后，她不由分说，拉起我的手，趟过水坑。我们仿佛又回到了从前，形影不离的从前，同甘共苦的从前。我和小珍的身影消失在茫茫的大雨中……

渐渐地，雨变小了，路边幽香缕缕的栀子花又重新绽放，那么洁白，那么美丽。

在感恩中成长

韩笑源

　　有人说，爱像鞋，穿上它就能在人生的道路上健步如飞。而我觉得，爱是一道道亮丽的色彩，因为有了它，我们的生命才变得如此绚丽多彩。

　　爱是一抹蔚蓝，像大海那样深远。记得上次我们过集体生日时，老师突然提出了一个问题，她问我们知不知道妈妈的生日。我一下愣住了，脑子一片空白。第二天回到家后，我找出了户口簿，一看，昨天竟然是妈妈的生日。我从来没有帮妈妈过过生日，而妈妈却从不会忘记我的生日，可是她的内心深处，又何尝不想我对她说声"生日快乐"呢？这次，我不能让妈妈失望。妈妈回到家，我将我最心爱的蓝色小包包送给了她。妈妈接过我手中的小包，哭了……一颗颗晶莹剔透的泪珠落在了小包上，变成了像大海一样深远的蔚蓝。

　　爱是一抹浅紫，像丁香一样芬芳。说起老师，我就想到那把紫色的雨伞。那天是星期五，天空像一张娃娃的脸，说变就变。上午还是阳光灿烂，可是下午，一个晴天霹雳，雨就倾盆而下。放学了，同学们都陆陆续续跟着家长回去了。我突然想去校门口看看妈妈什么时候来，可是没有伞。老师好像看出了我的心思，便打起她那把紫色的缀满丁香花的半透明雨伞，搂着我向门口走去。雨水打湿了我们的裤脚，我抬起头来，沿着老师的发丝，一滴滴晶莹的水珠滑落到她的衣服上。而在这些调皮的小珍珠的跳跃下，那把紫丁香伞更美了。

　　在我们的生命中，父母、老师、同学、朋友，有许许多多认识的、不认识的人给过我们帮助，给过我们关爱，我要对你们真诚地说一声——谢谢！感谢你们，让我在茫茫大海中找到了灯塔；感谢你们，让我在迷失方向的森林找到出口；感谢你们，让我在无边的天空飞得更加高远。

我 喜 欢

史慧鑫

我喜欢冬天，我喜欢冬天的雪花，我喜欢那份自由洒脱，我喜欢那悠悠的节奏。

我喜欢春天，我喜欢春天的小径，我喜欢那份生机勃勃，我喜欢春天那特有的韵味。

我喜欢夏天，我喜欢夏天的池塘，我喜欢那出淤泥而不染的荷花，我喜欢夏夜清凉的宁静。

我喜欢秋天，我喜欢秋天的田野，我喜欢那份丰收的喜悦，我喜欢那空旷的旋律。

我喜欢梦，我喜欢梦里奇异的景象。我经常梦到我是公主，和王子一起跳舞，跳呀跳，直到一觉醒来。我喜欢那份快乐，那份美妙。

我喜欢花，我喜欢芬芳的花香。我喜欢孤洁的百合，大方的水仙，羞涩的郁金香——我也喜欢各色各样的小野花，我认为它们具有同样的美丽和光彩。

我喜欢笑。我喜欢品味快乐。我不仅自己笑，我还会逗大家笑，我那一串串的俏皮话，总会使气氛融洽。

我喜欢书籍，我喜欢书籍的深奥。我喜欢她给予我的知识，我喜欢她常带给我的问题和思考。每逢读书，我感到自己不再属于自己，而是成了书中的角色。

我喜欢生活，因为生活中有如此多的喜欢，让我怎能不喜欢？

第一部分 爱的成长课

故乡的爆米花

梁义龙

在童年的记忆中，故乡一直是个童话般的世界，不管是草丛里的萤火虫，还是田野的美丽景色，都给我留下了深刻的印象，但我更加怀念童年那美味的爆米花。

记得那一年我刚满五周岁，是一个不折不扣的馋小孩儿。那时，我最喜欢吃零食，香甜可口的爆米花深深吸引了我，我为它那迷人的味道而陶醉。那时的我不懂事，常常缠着奶奶，让她带我到集市上去买爆米花。奶奶总是先亲切地叫我"缠人精"，然后用一个大筐端了一些玉米粒，带我去崩爆米花。崩爆米花的机器像一只黑色的大蜗牛卧在集市上，它的主人看见我们，那张被烟熏黑的脸上立刻荡起了笑纹。他熟练地把玉米倒入"黑蜗牛"的肚子里，那"蜗牛"便在火苗的跳跃中转动起来。奶奶坐在一个墙角等着，我依偎在奶奶的怀里，似乎看见了白花花，又酥又甜的爆米花。崩爆米花的时间并不长，只有短短的几分钟，但是，对于一个五岁的小孩来说，那是多么长的一段时间啊！我早已流下了口水。终于，"黑蜗牛"停止了转动，主人把它提起来，没等我一头扎进奶奶的怀抱，就听见"砰"的一声，乳白色的雾气弥漫开来。不知何时钻进几个小孩，他们争着捡拾撒在地上的爆米花。童年的我是那么霸道呀，常常尖叫着喊："这是俺家的，不准捡！"可是说这没什么用，奶奶早捧出香气扑鼻的爆米花分给他们，气得我直抹眼泪。

一晃六年过去了，童年的爆米花，始终在我的梦中飘香！身在常熟的我，突然间非常思念爆米花，非常思念奶奶……

第二部分

心灵大头贴

　　没有荣誉，但刹住了我的傲气；没有掌声，我却得到了教训。这次失败，让我认清了自己，让我前进的步伐迈得更坚定。

——耿静《失败的演讲》

蚂蚁的力量

宋云红

"千里之堤，溃于蚁穴"。此言道出了蚂蚁的力量之大！的确如此。

那是一个阳光炽烈的日子，我打死了几只苍蝇。无意中发现一只小蚂蚁正咬住一只死苍蝇不遗余力地往蚁穴方向拖，死苍蝇却纹丝不动！没办法，小蚂蚁只好丢下死苍蝇，匆匆离去。但是不一会儿，那只小蚂蚁竟带来了八九只小蚂蚁。它们一起忙碌起来。小蚂蚁们依次分布在死苍蝇周围，各咬住死苍蝇的一个部位，一起朝蚁穴方向拖……

记得小时候，我和伙伴做了一次恶作剧。我们看到了院子里大树下有一个蚁穴，成群的蚂蚁正绕着蚁穴里里外外地忙碌着，我和小伙伴忽生恶意，舀了一瓢凉水泼在了蚁穴旁。祸从天降！蚂蚁们顿时遭受了"洪涝灾害"。被"洪水"淹没的蚂蚁们有的慌忙攀上水中浮起的枯草，有的慌乱地在水上挣扎划行，有的在水底艰难爬动……绝大部分蚂蚁最终逃离了险境。幼时的我就认识到了小小蚂蚁不屈不挠的意志和力量。

048

近来读到这么一个故事。遭遇大火、陷入绝境的山蚁们，为了求生，竟凝聚成了一个大圆球，从山坡上向山脚下快速滚动。蚁球经历火海，被烧得噼啪作响。越来越小的蚁球终于滚出火海，依然存活的蚂蚁们匆忙四散逃离……

除了团结、机智、勇敢，更为可贵的是小蚂蚁舍身忘我、救助伙伴的无私奉献精神。蚂蚁也具有巨大的精神力量啊！

小小蚂蚁，值得敬畏！

为生命喝彩

邵铌娜

一个雨天的下午，我无意间发现院子的墙角，一块砖缝间钻出一片新叶，我不由得停住了脚步。

它太嫩小了！叶子都没张开，叶子上还有绒绒的绿毛。明媚的阳光洒下来，暖暖的，嫩叶尽情享受着阳光的沐浴，也尽情地显示自己光彩夺目的绿色。我非常喜爱这一片新叶，蹲下身来仔细地瞧瞧，叶片上有细细的毛，摸上去觉得刺手。它生长的地方没有一点儿泥土。我不由得心生怜悯，如此娇小的生命，不堪一击脆弱的生命，让它生长在这样的环境中，它大概不会活很长时间吧！我默默地离开了。

过了好久好久，我忽然想起了它，想去看看它。我一走到门口，才发现今天是雨天，天下着绵绵的雨，可雨点打在窗玻璃上，还是"噼噼啪啪"作响。我透过沾有雨点的玻璃，望着院子。也许它经不住风雨，已经夭折了呢。午后，这小雨终于停了，太阳在半空中露出了笑脸，我来到院子，去看墙角的那片绿叶。没想到的是：那原来卷曲的叶子张开了，她无比欢欣地生长着。后来，这株植物还结了果，比一般的还要大呢。我仔细看了看：是萝卜，原来我没猜错。这萝卜水灵灵的，比在菜场的好看多了，我心中顿然生起无比的喜悦。

我回想起刚发现它时，嫩嫩的，它那娇小的身躯和那块巨大方砖相比，简直就是一个天，一个地呀！我记起那时，爷爷把萝卜的种子拿到这儿来晒，可能掉下了几粒种子，才会生长出来吧，在这恶劣环境中，它竟顽强地生长着，结出了惊人的硕果。

我来到书桌前，郑重地写下五个字——为生命喝彩！

第二部分 心灵大头贴

一元钱的承诺

王雪凌

星期一的早上，我坐101路公交车上学，看到一位和我差不多大的小学生跟我上了同一辆公交车。上车后他一摸口袋，脸涨得红彤彤的，眼睛里充满了紧张的神情。他扫视了一眼车里的乘客，看了看手表，又摸了摸上衣口袋、裤子的口袋，然后，他鼓足了勇气，吞吞吐吐地对开公交车的叔叔说："叔叔……叔叔，我……我忘记带乘车卡了，您看我上学快……快迟到了，能……能不能先让我上车，我以后再还您钱。"开公交车的叔叔并没有要赶他下车的意思，而是慈祥地对他说："没关系，我先帮你付上，还钱的事以后再说，否则上学要迟到的哦！"小学生顿时热泪盈眶，跑到了后面。下车时他深深望着公交车远去的背影。他的眼睛好像在说："这钱不管怎样我一定还给您！"

以后我也常常能看见那位小学生，也常常看见他找寻那位叔叔的诚实的眼神。可是，不知为什么，好多天早上101公交车的司机都不是那位叔叔。但那位小学生并不放弃，总是认真地看每天那个时间段的101公交车的司机。就这样一转眼间，三十二天过去了。我也跟小学生一样，很着急。终于，第三十三天的时候，我和那位小朋友一样，一眼就认出了那位慈祥的叔叔，他兴奋地跑上车，对开公交车的叔叔说："叔叔我可等到您了！这是我欠您的一元钱。"顿时，开公交车的叔叔眼睛湿润了，他亲切地摸摸小学生的头："孩子，你要记住，你的承诺胜过无价之宝！"

时间仿佛停在了那一刻，整个公交车里，响起了乘客们热烈的掌声，为司机叔叔，也为那位小学生……

新鞋子，旧鞋子

胡元昊

我太想有一双像楼上蔡猛那样带双层网眼鞋面的旅游鞋了，从小到大，我只穿过露着脚趾头的塑料凉鞋，还从来没有穿过那样的旅游鞋呢！那鞋子穿在脚上看起来真是气派极了！

可妈妈总说，夏天穿旅游鞋太热了，就是不肯给我买。虽然我一再说，听蔡猛说，那鞋子穿起来一点儿也不热，甚至冬天穿着也不冷呢！却惹得妈妈一场大笑。

经不住我的再三纠缠，下午，妈妈终于答应给我买一双了，而且是双星品牌鞋！我高兴地跳了起来！

买好鞋子，我立即就穿在了脚上，感觉就像踏上了一朵祥云，连走路都是轻飘飘的。晚上睡觉时，我小心地把鞋子摆在床前，突然，我发现鞋边上有一条划过的痕迹，可能是我不小心划的。我赶紧找出一条湿毛巾，心疼地擦着鞋子，嘴里连连说："妈妈，穿坏了还要买，穿坏了还要买。"妈妈不耐烦地连连说："好、好。"

一连几天，我回到家的第一件事就是检查鞋子是不是脏了，然后用毛巾细心地擦。妈妈看到了说："新鞋子总有旧的时候，就像无论多么美好的东西都不会永远美好一样，保持一份自然的心态就好。"

那一刻，我似乎也明白了什么：鞋子就是用来穿的，新鞋子、旧鞋子，合适舒服就是好鞋子。

051

第二部分 心灵大头贴

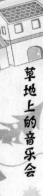

风筝的启示

周润泽

那风筝使我找回了人生的自信，使我有了发奋图强的意志，我终于站了起来。

昨天，数学分数出来了，这一次，我一落"三千丈"。平时前十名的我，怎么会考这样的分数，我还是接受不了。我心里非常难过。

"哟！班干部都这样？"

"还什么好学生呢！"

最可气的是，我最好的朋友曹恒毅也不理我，还说："考这么低的分，还和我交朋友！"同学们的指责，朋友的离去，别人的瞧不起，使我的心情跌入了谷底。回到家，甩了书包，跑到书桌前我大哭起来，"为什么会这样，凭什么，不就是一次没考好吗？有什么了不起的！"我双手握成拳头打在桌上。

偶然抬头一望，窗外一只风筝在天空中滑行。慢慢地，飞低了，这时风筝的主人没有放弃，用自己的努力修复。中途，一阵大风吹过，似乎故意在阻止着它的飞行，但风筝的主人仍然在努力……

终于，风筝又在蓝天中自由地飞翔了。我哭红了的眼里露出了一点笑意，夕阳的余晖照进房间，眼前的一切变得如此明朗！是呀，人生总是坎坷不平的，在高处时，你高人一等，无人能比，突然一下，你跌入了最低处，你不能也失落，只要你继续努力，总有一天，你会重新回到自己的位置。这说的不就是我吗？只要我努力，找到自己的不足，高了不骄傲，低了不气馁，就行了。

谢谢你风筝，你让我明白了人生的哲理！

无须苛求完美

赵家慧

"完美"是一个人人都向往的词。的确，追求完美是很多人的人生梦想，可是，如果过于追求完美，便会"过则成灾"，甚至失去你本应拥有的。

在现实生活中却有一些这样的人。沙滩上有许多贝壳，不少孩子拿着小桶在拾拣，他们不时地将漂亮的贝壳放入桶里，但有一个孩子，他一心要寻找最完美的贝壳，于是在一整天的时间里，将贝壳一个个拾起，又一个个地放下。晚上，当别的孩子都满载而归时，只有他什么也没有。

这个过于苛求的孩子最终一无所获。他不知道缺憾也是一种美，那才是一种真实的人生。我更愿意做那满载而归的孩子，欣赏那些贝壳的洁白颜色，细致的花纹，美丽的弧线……享受生活点点滴滴的乐趣，做一个快乐的人。

我还听说过这样一个故事，有一个富翁，有两个儿子，临终前，要决定由哪个儿子来继承他的事业，正值秋天，于是，他让两个儿子去找一片最完美的叶子。很快，大儿子拿回一片好看的红叶，说："我找到的叶子虽不是最完美，却是最完整，最红的。"过了很久很久，小儿子空手回来说："外面有很多很多叶子，没有一片是完美的。"由于两个儿子不同的处事态度，富翁将事业交给了大儿子。

热衷于追求尽善尽美的人最终常常是两手空空，最完美的追求变得最虚无缥缈。同时，它也更多地成为一些人胆怯、放弃或一事无成的借口。我更愿意做一个善于发现事物的美好、感受生活美丽的人，始终以一种积极、乐观的心态，尽力而为，全力以赴，让生活过得充实而有意义。

053

磨炼出圣贤

易子萌

"天将降大任于斯人也，必先苦其心志，劳其筋骨，饿其体肤，空乏其身，行拂乱其所为，增益其所不能。"这是孟子说过的一句话。

现在的大部分学生都是衣来伸手，饭来张口，以前的我也一样。可是，正是这句名言使我懂得磨炼才能让一个人有本事。于是，从那以后我便开始学做家务，而且我还获得了"自理之星"的称号。

现在这个社会，要想成为生活中的强者，人群中的佼佼者，就得拥有很高的智慧，超强的干事能力。而这智慧与能力的来源也只有磨炼自己。孔子，儒家学派的创始人，《论语》主修人。几个国家争先恐后让他当官。这样的荣誉是白来的吗？当然不是。他少年勤奋读书，才有如此殊荣。再看看中国航天事业，已经能在太空上行走了。正是磨炼、拼搏，才让中国航天事业在世界上占有一席之地。

不磨炼自己，永远难以获得成功。唐代安史之乱创作者安禄山，只靠认亲与贿赂，当上了节度使。最后仗着兵多将多，起兵反抗朝廷。要不是沿路官兵抵抗，他早已人头落地了。项羽攻占秦都后，既不练武，也不招兵，也不磨炼军队，最后在垓下自刎。

所以，我们小学生要从小磨炼自己。其实成功很简单——成功=好志向+磨炼自己。饱读诗书，才能出口成章；立个大志，才能前途光明；而磨炼体魄，才能创造钢骨身躯。

我长大了

耿 雪

我十三岁了，早就想长大了，小时候，奶奶哄我说，喝了鱼肝油就能变成大人，我半信半疑，偷偷喝了一口，真让人恶心。为了长大我穿过妈妈的长裙子，套过爸爸的衣裳，但这些都无济于事，我仍然是小小的我。可是，在今天晚上，我突然发觉：自己长大了。

午饭后，我们全家去看电影，这场电影是我最喜欢的动画片，我心里别提有多高兴了。正准备进场时，忽然听到一阵哭声，我转身望去，只见电影院入口处，有一个四五岁的小女孩在哭，她旁边站着一位三十来岁的妇女。

我走过去问道："阿姨，小妹妹怎么了？"阿姨望了我一眼，说："今天她过生日，想看电影，可是票都卖光了，这不，就哭了起来。"我不由得看了看手中的票，心想：人家小妹妹过生日。可是，这是我最爱看的动画片呀，给也不是，不给也不是，正在进行心理斗争时，我又看到了小妹妹那挂着泪珠的伤心的脸，我不再犹豫，走上去把票递给了阿姨，说："阿姨，给小妹妹吧，算我送给小妹妹的生日礼物！"

"这怎么行？"

"你们赶来看电影也不容易，我长大了，不该看这种儿童片了……"话还没有说完，连我自己也惊讶了起来：我什么时候学会用"我长大了"这类话？或许我真的长大了……

从今天开始，我长大了，不再要爸爸妈妈不辞辛劳地在我身边忙忙碌碌了；我长大了，能开始为别人着想了；我长大了，要为我的理想而奋斗了！

一张假钞

曹世芳

"钱，不是万能的，但没有钱是万万不能的。"但是在有些人眼里，钱就是万能的，为了钱，他们可以出卖自己的良心……

我家离收购棉花的地方不远，每天望着那些进进出出的农民，我心里就会萌生许多的敬意。他们，用自己勤劳的双手去换取那不多的钱财。钱虽不多，笑容和希望却洋溢在他们的脸上！

瞧，一位衣着单薄的老爷爷骑着一辆三轮车，背后载着一大筐的棉花，顶着风，费力地往前蹬着。不多一会儿，老爷爷喜滋滋地出来了，手里攥着一张崭新的百元大钞，嘴里喃喃地说着："可以给小孙子买点吃的了，来的时候答应他的。"乐呵呵地转身走进了一家超市。

我正要转身离开，老爷爷已经失望地走出了超市，手里除了刚才的那张百元大钞，什么都没有。超市里的人议论纷纷，对他指指点点。老爷爷转身又去了收棉花部，想与老板理论，可不一会儿他就出来了，嘴里像祥林嫂那样低声地重复着同样一句话："是啊，自己当时为什么不看清楚呢，我真是老眼昏花啊！"原来这是一张假钞，这张假钞犹如晴天霹雳，无情地震碎了一个老人的心！望着老爷爷远去的背影，我的心里酸酸的……

一张假钞！毁了一个老人半年的心血！半年来，他们顶着烈日，冒着细雨，起早贪黑，含辛茹苦地用智慧培育种子，用汗水浇灌幼苗，用心血滋润果实，如今所有的希望都成了泡沫。

没有钱是万万不能的，但有时钱也会把一个人的心灵变得肮脏。放弃昧良心的钱财，洗净自己的心灵，做有道德的"真人"吧！

磨砺的果实

江雨航

乔治·华盛顿从一名中尉变成美国总统，他使美利坚的人民永远记住了他。美利坚的人民拥戴他、爱护他，使他做了两任总统。美国人民为了纪念他，把一个城市命名为"华盛顿"。华盛顿不贪图个人利益，一心只为美国独立，献身于"独立战争"中。而他的背后，则是一次次的失败。在统领大陆军的时候，吃了败仗，他几度想自杀，可都是"独立"挽救了他，这是对他的磨砺；在心腹叛国时，他很自责，这是对他的磨砺；他的父亲去世，对他也是磨砺。

一只鹰，它把脚趾在石头上来回地蹭，把趾甲磨断后，又磨它脚趾上的肉、骨头，借此磨砺自己的意志。然而在晚上，疼痛向它一点点奔来，它不得不把头撞向悬崖峭壁，得到暂时的止痛效果。故此被称为"砺趾鹰"。

鹰通过砺趾取得意志的坚定，而许多人又何尝不是如此呢？

亚伯拉罕·林肯，美国第十六任总统，一共八次竞选，才成功两次。那六次失败对他无疑是个磨砺，他借此增强自己的素质，使他对失败又有了新认识。

我们也应该学习那砺趾鹰，磨炼自己不强硬的意志。

当考试分数低，我们应该镇静思痛，回想自己的不足，反思学习的差处，以便达到磨砺的效果。当同学对我们的工作不满时，我们应该寻根求源，来衡量自己为什么不够格。

磨砺是个关卡，一旦你不小心，就会大乱阵脚。我们要记着那只磨砺自己的鹰，让它成为一颗星星，璀璨星空的星星。

渐变的理想

王梓

我这个人，可是个多变的家伙。你一定很奇怪吧，给你讲讲我的理想吧，讲完后，你就会明白了。

很小的时候，不懂事，那个时候，我的理想就是当一名教师。不仅仅是因为我的妈妈是一名教师，我的幼年好多次是在讲台上度过的。所以，小小的我对三尺讲台有着独特的感情。更重要的是，带着这份感情进入校园后，我迷上了每天陪伴我的老师们，喜欢他们在讲台上的威严，喜欢他们在讲台上的激情飞扬。那时候，感觉老师真的是世界上最神圣的职业。尤其是每年过节时，家里总有来拜访的学生。那时候，妈妈脸上的幸福更让我感觉到了做老师是多么的崇高。

小学二年级的时候，我的理想是做一名探险家，那时候，我迷上了《鲁滨孙漂流记》《海底两万里》，连吃饭睡觉都缠着妈妈给我讲。我想象着有一天，能够到那漆黑的但是充满刺激的山洞里去探索求知的秘密，到无边无际的沙漠中探究地下的宝藏，到无人居住的荒岛上自力更生，说不定还能碰到自己的"星期五"。一想起我的理想，我就备感兴奋。

现在，我的理想，是做一名侦探，像福尔摩斯那样的名侦探。这样我就可以神秘莫测地跟踪罪犯，可以悄无声息地和罪犯斗争。在侦探的过程中，让智慧无边无际地延伸开来。这份感觉，真的是太刺激了。

也许，随着时间的推移，我的理想还会不断地变化，妈妈总说善变的人不能坚持。不过，有一点我可以肯定，在我这个善变的家伙心中，有一点是不会变的，那就是学习，我可是我们班的好学生呢，因为我知道，只有好好学习，才是理想实现的前提！

哦，对了，等我定了我终生的理想，我一定再来告诉你啊！

失败的演讲

耿　静

"告诉你一个好消息：最近，咱们学校要举行演讲比赛，老师决定让你去参加比赛。""真的吗？太好了！""这是演讲稿，星期四参加比赛，你先把稿背熟，星期三下午我们一起看看演讲效果。"就这样，我满心欢喜地去准备演讲了。

一想到代表学校去参加比赛我就兴奋不已。这次就是我"大展宏图"的时候，我可要抓住这个机会！今天是星期一，离演讲比赛开始还远呢！我漫不经心地准备着，好像那个演讲比赛的一等奖已非我莫属了。想到这些，脸上就不由自主地露出得意的笑，就凭我的聪明、能力，肯定是最棒的……

时间就在这"飘飘然"中过去了。

星期三下午，老师检查我的背诵情况："你尽最大努力了吗？这就是你的最高水平吗？""不是，明天才是正式的比赛，最高水平留给明天啦！"我笑着说。"明天，没有今天的努力，你怎么敢保证明天的成功？"真是小题大做，我心里想，就凭我，才用不着像没有悟性的人那样用功呢！哼！等着瞧！

朋友们，你们猜出结果了吧？我输了！刚下台，泪水就从眼眶中涌了出来，那是悔恨的泪，是羞愧的泪。我不敢看老师的眼睛，不敢想下去。老师递给我一张纸巾，并在稿子的背面写上了一句话："失败并不可怕，可怕的是不能从失败中得到什么。"

我能得到什么？没有荣誉，但刹住了我的傲气；没有掌声，我却得到了教训。这次失败，让我认清了自己，让我前进的步伐迈得更坚定。

059

第二部分　心灵大头贴

慢吞吞王国历险记

屈佳楠

　　这天是星期天，曼曼正在家里写作业，因为速度太慢了，也不知过了多长时间，曼曼写着写着居然伏在桌子上睡着了。

　　当曼曼醒来时，发现自己躺在一个农夫的家里，他惊呆了，心想：这是怎么回事？想着想着不禁大叫起来："有人吗？"忽然听到了外面有人走动的声音，但过了半个小时才见有人从外面慢吞吞地走来。曼曼从农夫的口中知道，这里是"慢吞吞王国"，这里的人说话做事都很慢。曼曼心想：我总待在这里不是个办法，我要出去闯一闯。于是曼曼趁农夫不注意，飞也似的溜了出去，农夫哪里赶得上他的神速，只好眼睁睁看着曼曼远去。

　　曼曼走啊走，终于来到了城里，他发现这里的人做事、走路比农夫还要慢，他东看看西看看，什么东西都好玩。忽然，曼曼闻到一股香味，循着香味走去，原来是一家阳春面店，不闻到香味还好，这一闻，曼曼的肚子也开始咕咕叫。他叫了一碗面，可过了好久，也不见面来，曼曼只好到别处去买吃的。曼曼来到饼店，买了一张饼，饼店还算可以，就是和店小二的沟通比较难，一字三停顿，一句话说半天也没有说好。

　　吃饱了的曼曼继续在城里转悠，哪知他又转回到那家阳春面店，那店主正端着热气腾腾的一碗面在寻找客人，曼曼心想：他该不会在找我吧，都过去半天了才煮好，他们也太慢了。曼曼的想法完全正确，那位店主确实是在找他。

　　曼曼忍受不了慢吞吞王国的慢吞吞，他想起了自己的慢，决心改正以前慢吞吞的习惯，做个好孩子。

说 成 长

倪慧中

我在亲人的呵护下，老师的关怀下，同学的友谊下一点点成长。在不断的成长中，我发现了很多小时候从没体会过的快乐，一天天地长大使我懂得了很多做人的道理。

我在成长，我的思想也渐渐成熟了。告别了那幼稚的天线宝宝，告别了那五颜六色的小人书，告别了……比起以前整天在外面疯玩，我更喜欢一个人安静地坐在课桌前，做我的奥数题。当我拿着"放大镜"仔细搜索、反复检验后得到结论时，我就有种前所未有的快乐和成就感。我想，成功就是不断地克服自我、挑战自我、超越自我。如果说成功是直插云霄的山峰，那么我说困难就是帮助你到达山顶的台阶，因为泥泞的路才能留下奋斗的脚印，不经历风雨怎能见彩虹？那些在温室里成长的花朵，终究是经不起风雨严寒的拷打。

061

我在成长，我再也不像小时候那样吝啬自己的爱，吝啬自己的同情。在"5·12"大地震中，无数个生命瞬间陨灭，华夏山河呜咽，神州大地悲泣……我捐出了自己所有的零花钱，当老师拿着照相机拍下那爱心涌动的场景时，我激动得热泪盈眶。虽然我捐出的钱与重建四川家园所花费的相比是沧海一粟，但我仍然感到非常欣慰，因为帮助别人是快乐的事情。同学的笔掉到地上了，我主动把它捡起来；隔壁邻居需帮助时，我第一时间赶到……

在成长中，拥有友谊也是件快乐的事，我和我的朋友们一起学习，一起嬉戏，在今后的学习成长过程中，我将不断地磨炼自己，使自己不断成熟。

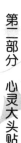

种植春天

徐　茵

　　从前，有一位国王，性情冷酷，他国度里所有的土地都掩盖在皑皑白雪之下，从来没有花儿的芳香和青草的翠绿，他十分渴望春天莅临他的国家，但是春天从来也没有光临过。

　　有一天，一位流浪很久的少女，来到了皇宫，她恳求国王给她一点食物和一个睡觉的地方，她实在是太饿太累了。但是国王从来也没有帮助过任何人，也从来不愿意帮助任何人，他立刻命令士兵将少女驱逐出了皇宫。

　　可怜的少女在肆虐的风雪中走啊走啊，走进了一片森林，遇到了一个憨厚的农夫。农夫急忙把她扶进了屋子，让她睡在温暖的火炉旁边，给她盖上厚厚的毛毯，把仅有的一点面粉烤成了面包，然后端着面包和热汤走到少女的跟前。这时候他才发现少女已经死了！

　　农夫把少女埋在田野里，并把面包放在她的墓前。第二天一早，奇迹出现了，虽然王国那边仍然是白雪皑皑，森林里却春意盎然，漫山遍野开满了斑斓的山花——真不知道过了多少年了，春天终于来到了这里。

　　原来，死去的少女就是春天。因为国王的冷酷，她无法降临这片土地。善良的春天不忍心看到这里的人们一年到头生活在寒冷的冬天，于是冒着生命危险化作少女来到人间，希望国王能以爱心唤回春天。

　　农夫用他的真诚收留了她，安葬了她，也得到了春天。国王领地的居民们抛弃了国王，来到了森林，农夫成了新的国王。就在农夫成为国王的那天夜里，春天也来到了整个国度。

学会变通

华祝虎

我的老家在一个小村庄里，我们每年清明节都到这里为故去的长者扫墓，今年当然也是如此。因为老家离城区较远，所以我们每年扫墓都要在老家待上一天，吃饭就安排在老家那已经显得陈旧的房子里。

烧饭时我主动要求，今年的柴火都由我一个人来劈。可是实际做起来才知道，劈柴火并不是我想象中那么简单，很是累人。劈着劈着，我遇到了一根重重的木棍，这根木棍看起来质地很硬，于是我把它暂时扔在一边，继续劈其他的木头。这时候，老爸走过来好奇地问道："为什么不劈这根木头啊？"

"这木头一看就很硬，估计我劈不动它。"我解释道。

"你试试看，把它从中间拦腰劈断。"老爸很有信心地说。

于是我就试着照老爸说的去做，果然，我并没有用太大的力，就把它劈断了。

看着我惊讶的表情，老爸在一边解释说："木头太硬，反倒容易被劈断，因为它不能把力缓冲掉，倒是那些不太硬的木头很难劈断，因为它能把力缓冲掉。"

在惊叹爸爸对我讲的这些话之余，我突然又明白了一个道理：人在这个世界上，必须学会变通，许多时候，只有适当地进行变通，舍弃盲目硬拼的做法，才能改变被动的局面。

其实，生活就像一个迷宫，置身于其中的我们如果只会横冲直撞，那就会像那块硬木头一样断得毫无意义。如果我们学会拐弯，那么走出迷宫就容易了。你愿意做一个撞晕在生活迷宫里的莽夫，还是做一个走出生活迷宫轻而易举面对生活的智者？

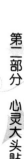

收 获

毛 庆

　　我家前面有一块空地，妈妈觉得空着太可惜了，就在空地上种了一些玉米。妈妈说，等玉米苗长大了，结了玉米棒，就可以吃了。

　　于是，我每天放学都去给它们浇水、施肥、锄草，看着它们长得一天比一天高，一天比一天壮，我的心里美滋滋的，心想：解馋的日子不远了。一转眼，几个月过去了，那些玉米长得又高又粗，可玉米棒却还没有长大，我急了：怎么长得这么慢呀？过了几个星期，玉米还是光长叶子，不长玉米棒，我想：一定是叶子把养分和水分都吸光了，这样玉米棒当然长不大啦。想到这儿，我就趁爸爸妈妈不在家，把叶子一片片地掰下来，掰得手痛、腰痛、脚也痛，上气不接下气。但一想到马上就可以吃到香喷喷的玉米了，又振作起来……望着这一个个"光杆司令"，我不由得笑了。

　　下午，爸爸回来了，看见这一个个"光杆司令"，生气地嚷道："这是怎么回事？"我说："爸爸，我把叶子掰了，让玉米棒把养分和水分全部都吸光，不就可以早点吃到玉米了吗？"爸爸听了我的话，又好气，又好笑，教育我说："你知道吗？玉米要靠叶子用阳光把无机养料转化成有机养料，这叶子是玉米不可缺少的一部分，没了叶子，玉米就得不到养分，怎么生长？"听了爸爸的话，我才如梦初醒，不好意思地低下了头……

　　虽然玉米吃不成了，但是我懂得了一个道理，那就是：我们做事不能急于求成，只有遵循事物的发展规律，才能把事情做好。这也算是我的一个小小的收获吧！

迷宫之路

于千舒

迷宫是看似简单却暗藏玄机的一种游戏；迷宫是勇敢与智慧并存的一种游戏。今天，我就当了一次勇敢者。

来到迷宫的入口处，两米多高的木柱耸立在我面前，好像一个个等待检阅的士兵，个个抬头挺胸，排着整齐的队伍在迎接我们。仰望天空，白云浮动，正如我那颗摇摆不定的心。

下定决心，走进迷宫，我像一只无头的苍蝇般在里面乱撞，转过一个弯，又是一个弯，走过一个路口，又是一个路口。这时，正午的太阳照射在头顶，热浪一波一波地袭来。我心里想：什么时候才能走出去啊！抬头望了望天空，天空已经不再晴朗，似乎有些阴霾。忽然，前面出现了一个路口，该向哪里走呢？我犹豫了一下，然后向左迈出了脚步，可是没走多久却发现是个死胡同。我灰心丧气，但转念一想：总不能原地不动吧？于是，再次鼓起了勇气，向前走去。

终于，在坚持不懈的努力下，在一次又一次的失败后，我终于登上了那座塔顶，鸟瞰整个迷宫阵，赫然发现，自己走过的路竟是那么漫长。

其实，人生就如一个巨大的迷宫，你会遇到许多坎坷，也可能会做出许多错误的判断，不过，那没关系，只要你肯付出，勇于改正错误，并且能坚持不懈，不管成功与否，你都是胜利者！

迷宫之路，永远微笑着等待你。

065

第二部分 心灵大头贴

最后的一棵树

钱星月

　　几百年过去了，因为人们滥砍滥伐导致这世界上剩下了最后一棵树，为了自卫，它长成了斧子的样子。

　　这天，砍树人来到这儿砍树，突然发现这棵树长成了斧子的样子，不禁有些奇怪。就在这时，这最后一棵树开口说话了："你很奇怪吧？这些年我看到我的同胞先后被你们带走，对了，砍了我们，你们到底有什么用呢？"砍树人毫不犹豫，脱口而出："用处可多了！造纸、做家具，哪样都需要你们。""哼！"树冷笑一声道，"别以为我不知道，你们从不节约纸张，一本本子你们才用了几页就扔了；你们从不珍惜水和电，水龙头拧开着，水哗哗地流着，洗手用水之人却不见踪影；房间里开着灯、开着电视却一个人也没有。你们人类滥砍我们，导致了洪水泛滥、水土大量流失，这就是你们人类所做的一切。"砍树人听了，也为之动容，放下了斧子。

　　时间在这一树一人身边流逝。树先开口说话了："为了惩罚你们这些罪恶的人类，酸雨姐姐、沙尘暴大叔、干旱洪水两兄弟都出动了，却仍无法唤醒你们的良知，你们仍执迷不悟。""这……"砍树人料不到竟会被一棵树说得哑口无言，不禁有些恼怒，因为他已经被钱冲昏了头脑，狠狠地说："反正已经铸成大错，何必在乎你这最后一棵呢？""唉！"树叹了一口气，又说："太令我失望了！人类，你们会为不珍惜环境而付出代价的！"话音刚落，就被砍树人锋利的斧子砍断了。

　　世界上最后一棵树没了，它虽然长成斧子的模样却依然没能保护自己。

一枚银币

谈梦娇

从前，造币厂里有一枚崭新的银币，他很想看看外面的世界。一天，一辆卡车来把这枚银币和他的兄弟姐妹们都拉走了，他兴奋极了。银币来到一位绅士的口袋里，绅士带着他去了国外。银币安静地待在黑黑的口袋里，不知道自己在哪个国家。日子一天天过去了，银币一直没有机会出去，他越来越无聊，终于决定自己跑出去看看。

有一天，银币趁绅士不注意，偷偷滚到了地上，他就这样离开了绅士。过了一段时间，有人发现了银币，他想：我终于可以实现我的价值了。可是那人却说："我们国家从来没有见过这种银币，这肯定是一枚假币，一点儿用处也没有。"银币很伤心，想不到自己竟然被人冤枉是假币。

银币被不同的人摸着，有一位老婆婆辛苦地干了一天的活儿，去领取她的报酬。老板趁天黑把银币给了她。回到家里，老婆婆才发现银币是假的。她非常难过，银币也很懊悔，原来他只能给人们带来痛苦。后来，银币终于被自己国家的人发现了，带回了自己的国家。

这是我在周末读到的一篇童话，原来我们都是一枚小小的银币，在生活的各个角落里滚动着。可是我觉得，无论遇到什么样的烦恼和苦恼，无论遭到多少误解，都要相信你自己的价值。因为事实终将战胜一切，去证明你的价值，只要能够遇到赏识你的人。不过，在做每一件事之前都要考虑清楚，盲目冲动只会让自己绕圈子，甚至给别人带来麻烦。

学会勇敢

孙媛媛

"今天大家去医疗室打针！"老师的话刚入耳，我的心就猛地一颤。男同学一个个若无其事，挺像个男子汉，而女同学眼泪都快要掉下来了。

我的心也打起了鼓，眼前浮现出一支支又长又尖、银光闪闪的针头来，不禁起了一身的鸡皮疙瘩。老师看到我们这副模样，半鼓励半逗趣地说："别害怕，勇敢点！大家要向勇敢的同学学习！"医疗室到了，老师问哪个"勇士"先打。经过一番你推我让之后，李军大胆地走了进去。我在心里祷告着："可别轮到我，可别轮到我……"

李军走出来了，大家都争着问他疼不疼。我心想，这还用问吗？瞧他那狼狈相：一只袖子耷拉着，连走路的姿势都变了，像打了败仗的伤兵，刚才的男子汉气魄也不知到哪儿去了……

我现在既盼望着快点轮到我，免得这么难熬，又怕轮到自己，希望突然就出了什么意外，希望医疗室的什么器械坏了，医生出来宣布不打了……

时间像是凝固了，真慢。终于，轮到女同学了。第一个女同学出来时，哭得像个娃娃似的，我真不敢想象我出来时会成什么模样。

"孙媛媛，该你了。"老师叫我。

我的心跳立即失去了节奏，想溜，但我想，大家都看着我呢！班干部这么胆小，像什么话？便硬着头皮走进去。

我走到一位护士身边，胆怯地捋起袖管。这位护士熟练地把刚才的针头换掉，安上一个新针头，接着把药瓶中的液体吸进针管，便拿了药棉在我的胳膊上擦了几下。我知道，真正的时刻来临了，于是咬着牙闭着眼，尽量让自己放松。我感觉手臂像被蚂蚁咬了一下，紧张地等疼痛高潮的到来，医生说："打完了。"接着对着门外喊："下一个！"

我不相信地眨眼，看看手臂，庆幸自己居然挺过来了。我没有哭鼻子，心里为自己的勇敢高兴。

脸上的争吵

陈星月

一天，脸上发生了吵闹。怎么回事？看看下面吧！

只听耳朵说："我们在一起这么长时间了，选一个总统吧！你们说呢？"大家听了，纷纷赞成。

鼻子说："我的能力最大，你们都得听我的。"

"凭什么要听你的，你闻到了香甜的食物，可也不能吃呀！"嘴巴不以为然地反驳道。

"还是嘴巴说得对。"大家一起说。嘴巴得意扬扬地说："你们都要听我的。"

鼻子却说："我要不闻，你乱吃了不能吃的东西，就会死翘翘！"

"还是我的功劳最大，你们想想看，没有我，你们走路会摔跤，没有我，你们会掉到池塘的……"眼睛瞄了一眼鼻子，洋洋自得地说。

"喂！"嘴巴抬起下巴，"我不吃东西，你们受得了吗？"

大家都想当总统，个个心里都不服气。

第二天早上，小主人要穿衣、吃饭了。他在找衣服，可眼睛总闭着，鼻子在一旁干着急。小主人只好让妈妈帮他穿。吃饭了，鼻子一闻，好香啊。它迫不及待地告诉嘴巴，希望它把早点吃了。嘴巴却无动于衷还不紧不慢地说："啊呀，你烦不烦啊，现在吃太烫，过一段时间再吃。"其实，它心里在想："哼，你天天气我，今天我就多馋馋你。"眼睛都有点儿饿软了。它盯着早点，巴不得也长一张嘴，一口吞了早点。耳朵用微弱的声音说："三个臭皮匠，顶个诸葛亮！我们要团结一致，才能天天开开心心呀！我觉得你们还是快和好吧。"大家听了后，如梦初醒。

我们要团结互助，才可以让这个世界更美好！

补　鞋

余柯汝

衡量一个人的美丑，不能只看外貌，心灵美才是真正的美。

今天，我去补鞋。当补鞋师傅正缝着我的鞋子的时候，"我有急事，先给我补吧。"一个女人的声音让补鞋师傅停了下来。

我抬头一看，原来是一个穿着华丽衣服、染着金发的漂亮女人。女人驾驶着摩托车，车上还坐着一个五六岁的小孩子。哇！好一个漂亮的阿姨。

"好吧，没关系。"我说。经我同意，补鞋师傅把我的鞋子放下，接过她递过来的一双鞋子，熟练地缝补起来。

她盯着补鞋师傅，没好气地说："要给我补牢啊！上次……你要多少钱？"

"两块五。"补鞋师傅头也不抬地说。

"这么贵，你在抢呀！"那女人大声嚷嚷。

两人争执了一会儿，补鞋师傅让步了："算了吧，两块就两块，唉！"

补鞋师傅刚把补好的那双鞋还给她，她就迅速地脱下孩子左脚的一只鞋，说："有一点儿走线，也缝缝吧。"补鞋师傅看了她一眼，接过鞋子很快就缝好了。

该付钱了。只见女人从精致的小提包里找了一会儿，才掏出一张一元和一张两角递过去。"还差八毛钱。"补鞋师傅平静地说。

这时，女人再从包里抽出一张一百元，耍赖地说："找九十八块钱给我呀！"

"我哪有这么多钱找给你呢？"补鞋师傅有点儿急了。

女人蛮不讲理地说："要么这一块二算了，要么找九十八块给我。"

"妈妈，你早上给我的那几块钱先给他吧。"小孩儿摸着口袋说。

"不关你的事！哼，你什么时候才能学乖呀，回家不收拾你才怪呢！"

女人狠狠地瞪了孩子一眼。

　　补鞋师傅没办法，摇摇头只好收下那一元二角钱。

　　望着那女人离去的背影，不知怎么，我突然觉得她很"丑陋"，心想：这么漂亮的人居然干出这么"丑陋"的事情，真是不可思议。

第二部分　心灵大头贴

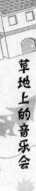

断线的风筝

季钰鑫

和同龄人一样，我爱放风筝。每当看到自己的风筝翱翔蓝天，心中的自豪感就会油然而生。

那天，秋高气爽，凉风习习。我来到了一片空地上，把风筝送上蓝天，对我这样一个放风筝的"老手"来说不是一件难事。我双手支撑着风筝，迎风助跑，使出吃奶的劲儿，向着天空奋力一抛，慢慢放开手中的风筝线，天上的风筝群中又添了一名"新成员"。风筝一会儿360度转身，一会儿又在空中飞舞。没有人知道它能飞多久，但看到它在空中的雄姿，其他孩子羡慕的眼光，我既欢喜又得意。于是我开始放长线，想给它更大的飞行空间，让它获得更多的自由。

冷风起，一阵又一阵，我猝不及防，还没来得及收线，那风筝就撞到了大树上。抬头一望，风筝挂在了树上。怎么办？我阴差阳错地把风筝线拽断，那风筝又奇迹般地复活了！它飞得好快活好自在。我心想：何必给那风筝挂上线呢？那样会限制它的自由。唉！爸爸妈妈也在我身上牵了"一根线"。我真奇怪，他们为什么不能理解我，不能像我理解风筝一样！

可好景不长，那只风筝又像只无头苍蝇，东碰西撞，最后像泄了气的皮球摔得"粉身碎骨"！

捡起风筝，我才知道：这只是一次错误的抉择！父母在我身上牵的"那根线"是引导我成长的力量。如果失去它，我会"飞"得没有方向！爸爸妈妈的那根"无形的线"才是我驶向成功彼岸的动力！

一群孩子嬉笑着奔过来，我大声地对他们说："握紧手中的线，别让风筝迷失了方向……"

饼干中的道理

殷雨纤

　　我非常讨厌一种叫作"味丹"的饼干，但有一天我却改变了想法。记得那天我和姐姐在玩儿，姐姐有点儿饿，就拿了一包"味丹"饼干在那儿津津有味地吃起来。我便觉得很奇怪："姐姐，你为什么这么喜欢吃这种饼干呢？这种饼干咸咸的长长的又没有味道，怪难吃的。达能饼干才好吃呢。"

　　姐姐却说："我喜欢吃味丹。我吃味丹饼干都是一点一点慢慢地吃，而且越吃越有味道。"

　　"不可能吧？"我半信半疑地拿了一小块"味丹"放进嘴里，试着细细地咀嚼，慢慢地品味，嚼着嚼着，啊，还真的很好吃呢！

　　这时我才明白，要真正了解一样东西、一件事情或者一个人都需要慢慢地体会，细细地品味，就像婴儿学走路，得慢慢来！

　　生活处处皆学问，正如庄子所说，大道无处不在。只要我们保持一颗敏感的心，往小处说，哪怕吃一块小小的饼干也能收获到生活的"大道"！

073

特殊的宝贝

朱澳楠

　　我的宝贝很特别，每次看到它，我都会想起一句至理名言：平凡不代表卑微，伟大不代表高贵。怎么样？猜出我的宝贝是什么了吗？哈哈，它就是一块五角钱的"高贵"橡皮。

　　这是我的一位朋友送给我的生日礼物。起初，我也很纳闷，朋友送给我这个代表什么意思呢？他在生日卡上这样写道：这块橡皮虽然只值五角钱，但它本身的价值却无法衡量，因为它代表我们之间的友谊，愿它能擦去你心中所有的烦恼。就这样一句很简短的话，却给了我很大的启示，也让我把这块橡皮当作"无价之宝"。

　　每次，别人买什么东西，我总会不自觉地问起价格。五角钱，五角钱，五角钱！我总会毫不夸张地说："那么便宜啊！"事实上，我却忘了它们的本身价值。比如两支相同的笔，一支可以卖到五角钱，而另一支笔却可以卖到第一支笔的许多倍，却不能代表这支笔的真正价值。我的朋友，她很直接地告诉我这块橡皮的真正价值，同时，更明确地告诉了我什么才是它真正的价值。

　　我很喜欢这块普通的"高贵"橡皮，我也很感谢我的朋友让我有这样深刻的认识：大千世界里有很多像我的橡皮一样平凡却"高贵"的橡皮，重要的是你是否能发现他们真正的价值。

滴水之恩，涌泉相报

李文哲

在学校里，我常常会把笔借给同学用。

那天，坐在我前面的孙忠宇没有带圆珠笔，就来向我借，我正好带了多余的圆珠笔，就很爽快地把圆珠笔借给了孙忠宇，并且告诉他用到下午放学再还给我，孙忠宇答应了。

自从我借给孙忠宇笔后，他就成了我的"保镖"。你一定会问为什么。如果有人"欺负"我，他看见了，一下子就会来到我的面前，跟那个人大战三百回合。每每如此，我心想：这笔的威力怎么就那么大？

还有一次，我同桌没有带铅笔盒，我没有多想，就主动借给了她一支铅笔。这时我同桌对我说："以后你没有带什么，我也借你。"我听了高兴地说："行。"

也是真巧。这天，我一时大意，上学时忘了带练习本。到了教室，发现这一情况后，我急得像热锅上的蚂蚁团团转。见我这副情景，同桌主动向我伸出了援助之手，把一个练习本借给我用。当时我十分感动，我激动地说："谢谢你！"没想到，同桌笑着说："没关系！当初你不也是借我笔了吗？如果你那时不借我笔，我还得挨老师一顿训。"不过，我听了她说的话，心里十分纳闷儿：一支笔的作用怎么就那么大？

这些笔的作用为什么这么大呢？现在我想通了，这就是滴水之恩，涌泉相报：别人给我们一点点帮助，我们要牢记在心，加倍地回报。这是一种美德。拥有这样的美德，我们会拥有更多的感动，更多地感受到生活的和谐与美好。

075

心的感悟——宽容

张 晨

当一只脚从紫罗兰花瓣上无情地踏过时，花瓣却将香味留在了那只脚上。我想这就是宽容。

宽容是心的感悟，是爱的流露。

有时我们会因为任性向父母大发脾气，甚至冷眼相对，而他们给予我们的永远是不尽的关怀。

有时我们会因误解而厌恶老师，而他们给予我们的永远是谆谆教诲。

也许我们只能对所爱的人宽容，有这样的胸怀已很伟大，但宽容的高境界是对所有人的宽容，是心灵的纯净。

正像花瓣那样，无情的大脚结束了它微弱的生命，可它却将余香送给大脚。与人交往，抑或简单，抑或艰难。难得是意见不同，目的不同，而当我们都退一步时，一切也都变得简单，因为退一步海阔天空。每个人都会犯错，或有意或无意，但不管怎样，心灵总会不平静，这时候最需要的就是一个微笑或是一句宽慰的话语，这样就可以拯救一颗受伤的心。

如何可以使自己变得胸怀宽广呢？首先不要以自己为中心，不要希望别人围着自己转。每个人都是独立的，对事物有各自的见解和处理方式，不要将自己的观点强加他人，所谓求同存异正是如此。其次不要把个人利益看得太重，如果总是担心别人的做法会损害自己的利益，那么这样的事一旦发生，就一定会迁怒于他人。当然如果自己修养不够，做到宽容也很牵强，所以要不断提高自己。

一个人的快乐，不是因为拥有得多，而是因为计较得少。生气是愚人做的事，因为那是在用别人的错误惩罚自己。当我们抓起泥巴抛向别人时，首先弄脏的是我们自己的手。可当我们送花给别人时，首先闻到香味的也是我们自己。

　　宽容吧！宽容对人，宽容对己，不要苛求他人，也不要苛求自己，做一个愉快洒脱的人。

第二部分　心灵大头贴

棋逢对手最重要

产纪元

昨天我又重读了龟兔赛跑的故事，这次的阅读带给了我新的思考。

兔子为什么会输给乌龟呢？或许大家会说：兔子骄傲呗，根本不把乌龟放在眼里，在跑步的途中睡觉，乌龟便悄悄超过了他。骄兵必败啊！大家说的有一定道理，可是我的看法却不尽然。我认为兔子输在没有找到一个适当的竞争对手。兔子和乌龟比赛，他们俩的实力根本不在一个层面上，兔子赢乌龟输是不容置疑的，因此兔子根本不把乌龟放在眼里，所以思想上才麻痹大意睡起了大觉，背了个千古骂名。其实我觉得根本就不应该让他俩去比赛，你想如果和兔子比赛的是狐狸或者狗、猫之类的，兔子怎么可能有睡大觉的奇怪想法？

这个故事给我的启发：在学习上，我们要善于和自己水平相当或水平稍高一点的同学比，你才会不断进步。和水平太高的比，距离太大，屡战屡败就越比越没有信心；和落后自己很多的同学比，你根本不把差你很多的同学放在眼里，你不用花费气力就能远远跑在他的前头，长此以往就消磨了你的斗志，结果自己反而退步了。所以说，棋逢对手最重要！

读书伴我成长

唐一帆

一本好书如一缕清风，能让人身心愉悦，也像一个朋友，伴随我一路成长，丰富我的人生阅历。

我自幼不爱读书，喜欢和一帮同学在外面疯玩。然而，一次游戏却彻底改变了我。那是升入三年级刚开学不久的一个晚上，爸爸提议全家举行一次成语接龙大赛。我灵机一动，转身拿来一本词典，决定打头阵。我刚说了一个"金蝉脱壳（ké）"，全家立刻哄堂大笑起来。我纳闷了，明明就是"金蝉脱壳（ké）"嘛！爸爸翻开词典，指着拼音说："看看，这是ké，还是qiào？"我定睛一看，脸顿时涨红了。原来"金蝉脱壳"中的"壳"应沿用"qiào"这一口语化发音。看来中国字的学问大着呢！从此，我与书便结下了不解之缘。

徜徉书海，我才真正领略到书中的精妙。我曾经为《三国演义》中诸葛亮的神机妙算而惊叹不已；为《马石山十勇士》的壮举而激情昂扬；为《爱心树》中的苹果树对小男孩的无私奉献而肃然起敬；为《十万个为什么》中世界的奇妙而心向神往……

徜徉书海，我领悟了许多做人的道理。《善待人生》告诉我们善良是一种美好的品德；《善心如水》告诉我们只要以诚待人，别人也会好好地对待你；《成功需要放弃》告诉我们不要一条路走到黑，要学会舍弃……

徜徉书海，我仿佛穿越了时空，与古今中外的著名作家促膝长谈，进行心灵的对话。忧国忧民的屈原，"横眉冷对千夫指，俯首甘为孺子牛"的鲁迅、伟大的浪漫主义诗人李白、关心小读者的冰心奶奶……他们从遥远的历史深处走来，读他们，如同读一部五千年的古国文明史；读他们，如同重塑一个内涵中华精神的全新自我，而读普希金、读海伦·凯勒、读林格伦……又为我打开了通往世界的另一扇窗。

书，是智慧的宝库，是人类文明的结晶。她如一座丰富的矿藏，正等着我们去挖掘，去发现，去创造属于我们自己的天地。

钟

刘宇慧

那钟，永远离开了我们。它，终于坚持不住了，倒下了。

也许，它只是一台钟，一台普通的钟，一台有着棕色钟框和白底的普通的正方形挂钟。但它却跟随了我们四年。从三年（1）班到四年（1）班再到五年（1）班，从老教学楼到新教学楼，它经历了怎样的坎坷与困难，我们都历历在目。它被我班力气最大的扔过、踩过，那层玻璃早已伤痕累累，被胶带贴了又贴，电池换了又换。可它依然坚持着自己的工作，依旧走得欢快，每天"滴答，滴答"地乐此不疲。

然而它还是没挺过那个下午。那个下午，由于班上的几位同学追打哄闹，它再次被重重地摔在了地上，它不动了。无论怎样修，怎样换电池，它就这样的坏了。我清楚地记着，那时是下午三点三十分，而它的指针就这样被定格在了这一瞬间，再也动不了了。

其实，在我心中，它是怎样一台漂亮的钟啊！棕色那样优雅，白色那样高贵。

事后，班上换了一台新钟，金色的边框，在太阳映照下，一闪一闪的，似乎在炫耀着什么。没了阳光，它黯然失色。并不是因为它丑，而是什么钟都取代不了那台老钟在我心中的位置，它是我们班级精神的象征，积极向上，勇往直前。

为了纪念那台钟，我改用了手表。当然手表也是棕色的边框，白底，也是正方形的。每次看到它，就会想起那台永远激励着我的钟。

第三部分

生活甜酸季

爷爷告诉我，割稻时首先要注意姿势，两脚分开与肩同宽，上身前倾，左手抓住稻谷，右手握紧镰刀，镰刀要放平，左右手要配合默契。

——倪铄阳《难忘时刻——割稻记》

大话学围棋

刘　锐

　　棋子在棋盘上上下飞舞，黑一堆，白一堆，攻下一城又一城……"耶！我赢了！"我们这是在下围棋呢，我赢了，厉害吧？可是，我却被爸爸妈妈逼得不允许下围棋了，非说这不是主课，不许我再去上了，我心里十分难受。其实学围棋对我有很多益处。

　　学围棋，让我懂得了要思考。每当和别人对弈时，我总会思考一阵，该使用什么样的谋略；每当举棋不定时，我也要思考一阵，我该怎样与对方大力厮杀呢？学围棋，也让我在生活中，学会善于思考，这一次期末考试我数学考了99分也是托了它的福啊！爸爸妈妈，你们是否同意我的观点呢？

　　学围棋，让我学会了遇事要冷静。本来我是个脾气暴躁的男孩，爱与别人顶撞，一不如意就要和别人斗起嘴来，甚至打起来，可是，现在下围棋一坐就要一个小时、两个小时、甚至半天，慢慢地我变得有点耐心了，脾气也不太暴躁了，虽然还没有完全改掉，但是我会继续改的……爸爸妈妈，你们说对不对？

　　学围棋，还让我学会全盘思考，顾全大局。以前，我十分毛躁，经常捡了芝麻，丢了西瓜，在下棋时，有时只顾眼前利益，只为了东面的一枚小棋，而把西面的大龙卖光了，直到陷于被动才后悔莫及。自从老师教了我这些棋理以后，我就时时告诉自己：在下围棋时要顾全大局，时间长了，我便棋力大增。慢慢地在生活中，我也时时想着要顾全大局，少为一点芝麻大的事情斤斤计较。

　　爸爸妈妈，我说得对吗？

草地上的音乐会

我也成了"基民"

华淼淼

经过了很多天的思想斗争和犹豫，妈妈在征得我同意后，终于决定把我积蓄已久的一万元压岁钱买基金！那天我陪着妈妈来到银行，在工作人员的帮助下经过反复斟酌，买了一万元的南方基金。妈妈告诉我，她的投资理财意识一直很差，属于比较保守的人。妈妈还说，她小时候穷惯了，穷怕了，到手的钱再多也不舍得花掉，总觉得存在银行比较保险。但看着物价一天比一天高，存钱越来越不合算。现在得从小就学习有关理财的知识！

成功买好基金后，妈妈笑着对我说："淼淼，今天你也成基民了哦！"我既兴奋又不安：如果我的压岁钱不断增加是多么幸福的事情啊；但如果看着自己辛苦积攒的压岁钱亏损那也够伤心的。

以后的日子，我就经常向爸爸这位基金大王打听我买的基金的各种情况。每次在爸爸电脑上看到数字总是感受颇多：看到自己的基金变红的时候，我就欢蹦乱跳，当看到基金变绿时，又会十分沮丧。

爸爸看到我这样的情况，心里很不放心。一次他对我说："淼淼，你现在还小，很多有关基金的知识都不懂，但你要记住一点，那就是要有意识去锻炼自己承受风险的能力。现在的社会，作为学生也应该懂点理财知识。什么事都得学习，投资了就要多学习，才能有收获。钱只是收获的一部分，并不是全部。不要把投资当成负担，那样太累了，也会影响你学习的！"

听了爸爸的话，我豁然开朗：原来爸爸、妈妈帮我买基金并不是要我赚多少钱，而是为了培养我的理财能力啊！

第三部分 生活甜酸季

学骑车"历险记"

崔 洁

告诉你，本小姐可真是骑自行车的高手！你看我——腰板挺直，速度飞快，用劲儿却不大，十分潇洒……嘿嘿，知道我是怎样练出来的吗？我这可是经过了一次次历险，才得此车技的！

想当年，我六岁时就开始学骑车了。操场上，爸爸先教我溜车，左脚踩在车镫子上，右脚快速踩着地面猛蹬。我有些紧张，心儿怦怦直跳，只要一控制不住，经常人仰车翻，伴着"哎哟"一声，重重摔倒在地。不过，蹬快了，却有一种飞一般的感觉，爽歪歪！

学会了溜车，然后进入重点课程：骑车。爸爸先比画了几遍，我当时看明白了，可一上车就傻了眼，不知所措。车把不停地乱晃，脑袋里一片空白，脚也不听使唤了。经过几次"嘴啃泥"的失败，我悟出了一个小招数：每当我快要"大难临头"，险些摔倒时，我就用脚踩在车子前面的斜梁上，然后往旁边一跳，就安全着陆了！虽然我心爱的车子摔倒了，可我还是安全的。嘿嘿，这招不错吧！

功夫不负有心人，我终于学会了骑自行车。可我的腿上、胳膊上都留下了红、紫、青的印记，算是学车纪念吧。我一点也不觉得后悔，因为我终于成功了。"不经一番寒彻骨，哪得梅花扑鼻香！"以后，我就能自己骑着自行车潇洒出游了！一想到这儿，我心里就美滋滋的！

本姑娘感而吟曰：看事容易做事难，苦学苦练得甘甜。

打 针 记

范泽明

我——货真价实的小小男子汉，天不怕，地不怕，就是怕打针。

几天前，就有小道消息说要打预防针，弄得我是茶饭不思，费尽心机、冥思苦想，想找出个"金蝉脱壳"之计，既不能让同学们笑我胆小，丢面子，又不能让尊敬的老师知道我说瞎话，欺骗她，让我这个好学生的形象大打折扣。脑细胞不知浪费了多少，直到打针那天我还是没能想出个"万全之策"。得，"车到山前必有路"，到时候见机行事吧！

医院的护士们工作效率就是不一般，很快就轮到我们班了。"站队集合……"同学们欢呼着，异常兴奋地涌出了教室。我趁着人多秩序乱，一溜烟儿钻进了男厕所。听着同学们渐渐远去的脚步声，我一边抚摸着就要跳出胸膛的心，一边默念着："快点打，快点打，千万别让老师发现我……"

"董老师有请！"正当我双手合十，像小和尚念经一样念叨时，班里的几位高个男生上气不接下气地跑了进来，拽住我就往外拉——可悲，还是没能躲过老师的"法眼"。董老师啊，我敬爱而又"可气"的董老师啊，你可真够厉害的，我可真服了你啦！

我不得不硬着头皮，磨磨蹭蹭地来到神圣的"白衣天使"们跟前，脸发黄，腿发软，接受了小针头的热情"一吻"。

"还好，还没晕倒，哦，还有俩人扶着，蛮好的，待遇不次于领导嘛！"我心想。

"以后大家可以称呼我范大人啦！"

"什么'范大人'，该叫'范大晕'！"一旁的董老师爽声笑道。

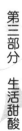

街头运动会

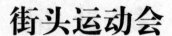

贺国威

星期一，我"疯狂"地骑着自行车，来到学校，由于来得太早，大门还没开，我就到栏杆旁休息。嘿，真巧，让我发现了一场街头"运动会"。

"跨 栏"

一位穿西装的男士急匆匆地走来，前面有个"绕道而行"的大牌子。他见绕道太远，两眼左右一瞄——没人看守，然后，退后两步，猛地一跃，跳过了栏杆。"水平不错嘛！"我惊叹道。

"投 篮"

这时，一位打扮很酷的女郎走来。她喝完一瓶可乐，发现前面五六米远有个垃圾箱。便瞄准垃圾箱口，然后把瓶子扔过去。可惜"技艺"不佳，瓶子出桶了。女郎望了一眼瓶子，不太满意地走了。

"射 击"

一位小伙子，夹着皮包走着。突然，听见喉咙响了一声，"呸"一枚"子弹"射向栏杆上的尖角。"正中！"小伙子喊了一声，又得意扬扬地赶路。

"踢足球"

　　"亲爱的，你慢慢飞……"一位中年人哼着小曲儿。突然，他目光集中在了一个小石子上，又看了看前面"绕道而行"的牌子，"咚"，他猛地一脚，小石子飞起，正中牌子。中年人满脸"胜利"的微笑，一副若无其事的样子走了。

　　我发现了一场"运动会"，也发现了"运动员"很差的修养水平。

第三部分　生活甜酸季

想起那件事我就想笑

张晨

大家都知道，没有一个女孩子不爱美，我呢？当然也不例外。

记得那是一个星期天的中午，我正在写作业，爸爸妈妈都要去上班了，走的时候特地叮嘱我要认真写作业，不要分心，我爽快地答应了。他们走了，我也开始认真地写起了作业。突然，一股不知名的清香扑鼻而来，我立刻坐不住了，心想，是不是妈妈买什么化妆品了？妈妈是不经常买化妆品的，这次难得买，我一定要先试一试。

我顺着香气来到了妈妈的房间，可就是不见化妆品的踪影。我东找找，西找找，翻了半天，终于在屋子的一个角落里找到了，是一个既漂亮又精致的小盒子，我迫不及待地打开盒子，嗯——真香！

怪不得妈妈要把它藏起来，一定是很珍贵了，我得先试试。我打开盒子，开始打扮起来，先抹脸上，脖子上……

我正在专心致志打扮时，妈妈突然回来了，我马上跑到妈妈面前，得意地做了一个自认为很漂亮的动作，"臭美"地说："我漂亮吗？"妈妈却好像不认识我了，惊讶地说："晨晨你怎么了？"我说："我用你的化妆品了，怎么样，不认识了吧！"妈妈急得大声说："我买什么化妆品了？""还不承认，那里装的是什么？"我顺手指了指那个小盒子。妈妈一看，立刻大笑不止，"那是为老鼠准备的滑石粉！""啊？"我恍然大悟，随即像箭一般冲进卫生间……

从那以后，我再也没有用过妈妈的化妆品。

一双神奇的手

王子楗

今天，妈妈叫来了锁匠。因为我家楼上的防盗门怎么也打不开了。

锁匠长得一点儿也不起眼，看上去有五十多岁了，不高的个子，背有些驼了，黑发中夹了不少银丝。到了六楼，他走得上气不接下气，汗水湿透了半件衬衫。就他？我将信将疑地看了他一眼。

他笑眯眯地伸出双手接过妈妈手中的钥匙。咦？这双手可真难看，又粗又脏，黑漆漆的，让人恶心。他把钥匙插进锁孔试了试，门纹丝不动。他从包里抽出一块脏兮兮的毛巾，擦了擦额头的汗，随即拿出那只乌黑的袋子，把里面的工具都倒了出来。靠这些东西就能把门打开？那不过是三四十根钢丝，有的一头开叉，有的一头是弯的……我更加疑惑了。

他没说一句话，用那脏兮兮的手拿起一头是弯的钢丝插进锁孔，一边捣鼓，一边侧耳倾听。没过多久，他一手抓住门柄，一推一拉，门"吧嗒"一声便开了。我一下子傻眼了，他怎么这么厉害呀！

089

"师傅，您的手艺真好！"妈妈笑着说。他也笑了，从地上拿起一个小小的瓶子，给锁添了油。妈妈试了试，开心地说："门比以前好多了，太谢谢您了，师傅！"

锁匠师傅一边麻利地收拾起工具，一边笑着说："别客气，我们就是靠这手艺吃饭的。"看着他的手，我不禁肃然起敬，这是一双普通的手，也是一双神奇的手！

会说话的吴猫

吴昆烨

吴猫是老爷爷家最宠爱的一只老猫，而老爷爷呢，是我爷爷排行最小的亲弟弟。他家养了这只猫七年，像对待自己的亲人一样对待它，连给它取名字都随了自己的姓。

你也许不能明白一只猫何以会这么受宠。的确，吴猫看起来并没什么特别之处，长相很一般，然而，你想不到，吴猫会说"话"。这绝对是真的，虽然只是几个简单的字眼儿，但这的确是别的猫肯定不会的特殊本领。

当它饥饿的时候，它会贴着老奶奶的脚蹭来蹭去，老奶奶拿着猫粮说："说饿，说了就给你吃。"吴猫就仰起头看着老奶奶叫"饿——饿——"发音还挺标准呢！它高兴的时候，老爷爷或老奶奶会抚摸着它的头，让它管老奶奶叫"妈"，吴猫就像个懂事的乖儿子一样，发出"妈——"的声音，而不是"喵"，真是不一般。

090

吴猫是只公猫，算起来，七岁的猫该算是老猫了，所以它是个"猫老头"。它的眼神真像一个奇怪的老人，似乎能看透你的内心。外人会有点怕吴猫，我不怕。我有时会到老爷爷家去看吴猫，让它说话给我听，但它并不是每一次都"给面子"，有时候爱理不理地钻进它专用的一条小红被子里睡大觉，连尾巴都要收藏妥当，闲人免看。

听说猫有九条命，不知道是不是真的。不过看吴猫的体态，明显已经很老了。老爷爷也不愿提到它的年龄，我只看到，他看着吴猫的眼神流露着亲人一样的疼爱和怜惜。

我希望吴猫是个长寿的猫老头。

黑白世界，快乐无限

张柳青

　　每天中午，我们全校师生都会静悄悄地进入黑白世界（围棋）进行一番快乐的较量。

　　这不，我又与高手殷磊展开了精彩赛事，围观的人还挺多呢。经过猜子，殷磊持黑方，我持白方，俗话说：金角银边草肚皮。一开局，黑白方各占一边。数子后，殷磊以排山倒海之势封锁了白棋两路的联络站。我迅速来了一招双吃，殷军伤亡十子多。可殷军并不气馁，似乎还想断我白子生路，一统江山。我一贯的作风是"明知山有虎，偏向虎山行"。不服气的我马上调齐百万雄师，与殷军一决高下，结果一举夺魁。正在我得意之时，殷军却来了个瓮中捉鳖，吞掉了我的中腹。好大的胃口！可我并未太在意，依然我行我素。数子之后，殷磊又夺下西南，而我夺下西北，似乎不相上下。为确保"首都"不被他人侵占，殷磊调回大部队，展开了做眼这项巨大的工程，并沿路设下虎口万千。不过，这些都难不倒我。我来了招"双打连环"（此乃破此阵的唯一方法）。局势大有好转。不甘心的殷军又来了个关门打狗，我还了他一招"偏不死"。局势对殷军不太有利，他马上攻起了我的弱地——大西北。我大吃一惊，连忙调齐兵力，力守西北。殷磊见占不着便宜，沮丧地摇了摇头。慢慢地，殷军的势力逐渐减弱，虽然他还想打游击战，无奈大势已去，只得以78:94.75而兵败收子。通过这关键一役，我终于被同学们封为九段高手啦。

091

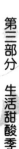

第三部分　生活甜酸季

我的收藏梦

闫　涛

　　很小的时候我就喜欢上了收藏，是收藏使我无聊的日子平添了一份乐趣，多少年来这个收藏的爱好就像一株鲜花一直开放在我心灵的深处。

　　刚上小学的时候，我就喜欢收藏大人们用过的香烟盒。我把那些各式各样的香烟盒拆开，整齐地夹在书籍里，时间一长这就成了一笔不菲的财富。那时候真有意思，我们几个小伙伴经常聚到一起，拿出自己收藏的这些"珍品"相互比较一番。有时比烟的价格，有时比整洁，有时比珍贵。有时得到一个特殊的烟盒我会异常兴奋，仿佛得到了一笔意外的财富一样。

　　随着年龄的增长，我的收藏爱好更丰富了。每当遇到好的文章我会把它们剪下来，重新装订到我的笔记本上，时间一长这又成了一笔财富。没事的时候我会把本子拿出来浏览一番，每次我都会有一些意外的收获。与此同时，我的写作水平也有了很大的进步。

　　如今我已经快要上初中了，但是我的这些爱好一点也没有丢失。现在看起来我收集的那些烟盒简直是珍品，因为有些烟现在已经不生产了，物以稀为贵嘛，所以就珍贵了。而我收集的文章，对我有很大的帮助，它正帮助我在知识的海洋中遨游。

　　我爱好收藏，是它使我的生活更加灿烂！

爸爸，我不再跟你出去玩

吕虹烨

七月，是一个多么美丽的季节啊！蓝蓝的天，白白的云，漂亮的花儿们展示着它们形态各异、五彩缤纷的衣裙……

暑假的一天，爸爸要领我到动植物公园去"游玩"一番！我高兴得一蹦三尺高！要知道，平时，可是爸爸、妈妈轮番上阵，对我发起猛烈进攻——钢琴、日记、书法、英语、奥数……一个接一个，我常常无奈地叹息。

天气真好啊！洁白无瑕的朵朵云彩悠闲地飘了过来，枝头的小鸟叽叽喳喳地叫着，像在邀请我与它们一起跳舞，我仿佛立即变成了一只飞出金丝笼的小鸟。

一进门，我就向动物表演场急匆匆走去。爸爸一把拽住了我，"看看那个大花坛，记下来，想想该怎样描写？……要注意观察！"

爸爸的话像一瓢冰凉的水，浇到我滚烫的心上，玩的兴致立即飞得无影无踪。

我暗暗叫苦，可有什么办法呢？我还是得乖乖地跟着爸爸走……

"游玩"了一天，我和爸爸终于回到了家。爸爸连忙把我摁到椅子上，"赶紧构思，写作文，写写你所看到的、听到的、想到的，对你印象最深的！"

我铺好稿纸，想了一会儿，拿起笔来，在稿纸上端端正正地写上标题："爸爸，我不再跟你出去玩"。

这，才是我真正看到的、听到的、想到的。

我感谢QQ

陶 菲

随着经济的发展，电脑已悄无声息地走入千家万户，电脑已经成了大人们工作学习必不可少的工具了。我家也装了电脑，我也喜欢上网，我最常用的还是QQ聊天，我认为有了它真是太方便了，我支持小学生用QQ，我的理由有以下几个方面：

有了QQ不管你的家人你的朋友身在何处，只要你是他的QQ好友，一打开QQ就能随时和他说话，即使他不在线也可以给他留言。如果用语音聊天，还可以听到对方的声音。能听见对方的声音，对相隔千里的故知或亲人来说该是多么的亲切，多么的惬意，听见那淳厚的乡音，内心该是何等的温暖啊！如果装上摄像头用视频聊天，就能够看见朋友和亲人那熟悉的脸庞，就像是面对面的谈家常一样。可以说，QQ作为交流的媒介，连接了你、我、他。

我的姑姑两年前嫁到了美国，每个周末我们全家都坐在电脑面前用QQ和姑姑语音视频聊天，我的爷爷奶奶第一次通过电脑听见了姑姑的声音，看见了姑姑泪眼迷蒙的脸庞，哭得像个泪人一样，激动得大半夜都没睡着觉。他们真的不敢相信小小的电脑竟然这样神奇。

还有一个好处我必须要说的，就是用QQ聊天，我的汉字输入速度进步了很多，我现在每分钟能打一百多个字了。我用的是拼音输入法，我的拼音比以往好多了，主要表现在我的普通话发音比以前纯正了。

所以，我要感谢QQ，感谢它使我进步，感谢它巩固了我的友情、亲情。

我读书，我快乐

李欣桐

我喜欢读书，我和书有着不解之缘。

每当学习中我遇到不会的难题时，都是从书中找到了答案，它让我茅塞顿开。记得有一次，老师让我们查询"鸟儿为什么会飞？"这一问题。回家后我打开电脑反复查找，却没有找到一个既详细又明确的答案，无奈之下，准备要放弃的我随便翻起了课外书，可令我惊喜的是，竟然在《十万个为什么》这本书里找到正确答案，这让我兴奋不已。书不仅给了我知识，为我解疑释惑，更让我增长了见识，让我变得聪明起来。

书是我的良师益友，每当我看起书来总会忘记周围的一切。有时会为书中主人公的快乐而手舞足蹈，有时又会为书中主人公的不幸而伤心流泪……我沉浸在书所带给我的快乐之中，沉浸在我的另一个多彩世界中。

读童话书让我知道了活蹦乱跳的悠悠猴、活泼可爱的love兔和调皮可爱的七仔；读地理书让我知道了青藏高原，世界第一高峰是珠穆朗玛峰。

书是知识的海洋，是智慧的翅膀，也是快乐的源泉，你说我能不爱读书吗？

095

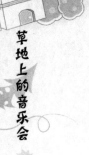

我和妈妈吵架了

高达明

今天小姨举行婚礼，我当了一回献花童，拿到了一个一百五十元的红包，心里别提多高兴了。

在回家的路上，我让妈妈陪我去了音像店，想把那套价值一百二十六元的《数码宝贝》DVD买下来。正准备要付钱，妈妈却急忙阻止说："对了，这个你买不了，因为你三妹今天没来，红包里还有她的五十元呢。"我不相信，大喊道："不！这些都是我的！"就这样，我和妈妈你一句我一句地吵了起来。

回到家后，我把钱摔在地上，哭着跑回自己房间。我心想：妈妈真是太小气了，平时这不让买那不让买，一点儿也不疼爱我，更谈不上理解我了……

第二天早晨，我躺在被窝里，听着妈妈在厨房做早餐的声音，忽然想起了几年前的一件事：那天，妈妈用辛辛苦苦攒下的零用钱陪我去买滑板车，买回来后我急不可耐地在街上玩了起来，妈妈怕我出危险，一直在旁边护着我，就在这时，一辆三轮车从旁边的胡同急速向我驶来，妈妈一见，急忙把我往路边一推，我没出什么事情，可妈妈却被三轮车撞伤了，疼得蹲在地上起不来。当时我慌了，好半天才想起应该送妈妈去医院，可妈妈却执意要回家，并呻吟着说："不用去医院，自己回家上点药就行。"我知道她心里是怎么想的，她是那么节约的一个人，她是怕花钱啊！

想着想着，我的眼睛湿润了，妈妈其实是多么爱我啊，而我竟然这么任性。我终于认识到了自己的错误：妈妈是长辈，我不应该跟她顶嘴；再说，那天的红包里的确包括给妹妹的钱，我太自私了，凡事只想着自己……

我爬起床，轻轻地推开门，看见妈妈正在擦地板，累得满头大汗。我鼓足勇气走过去，低头对妈妈说："妈妈，我错了，对不起！"妈妈愣了一下，接着就笑了，她摸了摸我的头说："你能认识到自己的错误，就是一个好孩子！"

一道"美味"的大餐

朱雅文

"五一"到了，我打算送给爸爸、妈妈一道自己烧制的"特色鱼"，算是送给他们的劳动节礼物，让辛苦了半年的他们享受一次"爱的回馈"。

哎呀，我的妈呀，那菜篮里的鱼怎么血淋淋的，怎么看都不像平日里吃的那香喷喷的鱼，这让我从哪儿下手哇！

不管了，我眼一闭，抓起鱼就扔到油锅里了。"嗞——"的一声，油花四溅。哈哈，我可不笨，鱼还没粘锅我早就跳到两米以外去了。

放点盐，嗯，好像少了点，再放点，不行，还太少，再多放点，再来点生姜，也好去腥，还要放点味精，得调调鲜味不是？让我想想，还得放些什么？对了，再放一些胡椒，还有大蒜……

忙活了半天，一盘"五颜六色"的美味鱼终于出锅了。我心里那个乐呀——瞧，咱的手艺也不赖吧！

"老爸，老妈，快来吃鱼喽！"我得意地冲爸妈一阵嚷嚷。

"你做的？不错，不错！"老妈连声夸赞，扭头冲爸爸说，"你看女儿辛辛苦苦做一条鱼来孝敬你，多不容易，你就包了吧！""孩子他妈，你都累了一天了，该补一补了，还是你吃吧。"爸爸赶忙推让。

"好了，都别客气了，大家都有份。"见爸妈这么客气，我都乐开了花。

老爸挽起袖子，拿起筷子，拿出一种士兵上战场般的英雄气概。老妈也闭上眼睛，用筷子蘸了蘸鱼身，尝了一下，"嗯，好吃。如果生姜、胡椒放少一点就更好了！是吧，老公？""呀？哦，对，对对！"

"哦？真的？我也尝尝！"听着爸妈的夸奖，我也急不可耐了。

"哎呀——"这一尝不要紧，这哪是鱼呀……只见爸妈正端着杯子大口大口地喝着凉开水呢。

虽然，并不是顿成功的"美味"大餐，但我的心意爸妈已经知道了，这就足够了，爸爸说的哦。

做 生 意

李志浩

我当"生意人"做生意，你可能不信吧？那么就让我给你说说吧。

开学这几天，同学们纷纷抄课程表，这给了我一个启发——用打印机打印出来的课程表，正规、好看，如果能卖钱的话，岂不是"大赚特赚"吗？有了赚钱的机会，谁不珍惜呢？于是一放学，我便直奔打印社，打印了十几张课程表。我喜滋滋地拿着课程表边走边想：我该卖多少呢？五角钱？不行太贵了，到时候没有"顾客"那我不"破产"了吗？还是卖两角吧！不多也不少，正好。

我回到家，把事情告诉了妈妈，妈妈说："光说不练假把式，有本事给我赚来钱！"我拍拍胸脯说："没问题！"

098

第二天清早，我兴奋地拿着课程表来到学校。一过晨读，我便吆喝起来："谁买课程表——"我故意拉长声音，以便吸引"顾客"。不一会儿，一大群"顾客"把我围得水泄不通。张俊问："什么样的课程表？给我看看行不？"我从书包里拿出课程表递给他，他端详了一会儿，说："给我来三张。"我高兴坏了，急忙从书包里抽出三张课程表递给他，"六角钱，谢谢。"他递给我六角钱。同学们一看不错，都争先恐后地买。

"给我一张，李志浩。"

"给我留一张啊！"

"李大哥，千万千万给我留一张啊！"我忙得不亦乐乎，不一会儿我的"货"就被抢购一空。我数了数，一共三元钱，去掉成本一元钱，我还赚两元。

放学后，我飞奔回家，在妈妈的面前晃了晃钱。"呦，我们家志浩会赚钱了！"我听了心里比喝了蜜还甜。我的生意做得不错吧？

最近比较烦

刘梦瑶

"最近比较烦，比较烦……"每当听到这首歌，我就觉得心烦意乱。而当我提出来时，总会有人说："少年不识愁滋味，哪来这么多烦恼？"殊不知小小年纪也会"烦"。比如说吧，近视眼就是个大问题。

以前，我觉得戴眼镜很有气质，就千方百计让妈妈给我买副眼镜，妈妈说我视力很好，不能戴眼镜。于是，我就想方设法地把自己的眼睛搞垮。

从此以后，我每次上网、看书、看电视都尽量靠近，终于，我的眼睛禁受不住折磨，医生"光荣"地宣布我近视了。

我渐渐地觉得近视不是好玩的，偏偏我又坐在后面。老师在黑板上写字，我瞪了好久才看清。抄作业时，要不是我笔头快些，我就完了……这样的生活真不好受。这时，我才明白近视眼不是一件光荣的事情，可妈妈就是不给我配眼镜。

让我最难堪的是上课时，不知回答什么。那次在课堂上，老师出了一个问题，写在黑板上，我还没看清楚，老师就让我回答，急得我抓耳挠腮，站在那不知所措。面对这种局面，老师打了个圆场，让我坐下了，同学们都在笑我，我的脸红一阵白一阵，恨不得找一个地缝钻进去，心里真不是滋味。

自从近视后，令人尴尬的场面比比皆是。我很后悔，可后悔有什么用，过去的时光，已经永远不会回来了。不过，亡羊补牢，为时不晚。现在我看书、写字都尽量靠后；也不经常上网、看电视、玩游戏了。我希望近视不要再严重，否则长大，我就真的要戴啤酒瓶底厚的眼镜了。

不过，这样讲究，我又觉得太烦了，唉，真是心烦啊，烦！

驼背，我要和你说拜拜

朱锦宸

每个女孩都喜欢漂亮，我也不例外。可是不知从什么时候开始，我的身姿不再像以前那样挺拔了。

我常常在妈妈面前埋怨："妈妈，驼背为什么会跟着我？我不想做一个难看的小女孩。"妈妈一听，就开始数落我："都怪你自己，写字时坐姿不端正、听课时总是靠着椅子……"

怎么办呢？改变的机会来了！自从来艺校上学后，我就下定决心：一定要参加舞蹈兴趣小组，让舞蹈来帮助我恢复以前姣好的身姿！

"妈妈，我想去上舞蹈班。可以吗？"我恳求道。"宸宸，要知道，跳舞是很辛苦的！你能坚持住吗？你能不怕辛苦，那妈妈求之不得呢！"没想到妈妈爽快地答应了。

第二天，我就开始了艰辛的舞蹈"生活"：盘腿坐，真累呀！坚持不住了，我一下子就瘫倒在地；练劈腿，更是辛苦，一会儿腰痛得难受，一会儿大腿又像要从身体里分割出去似的，我的额头大汗淋漓！老师走了过来，拍拍我的肩说："宸宸，你的劈腿还是不够好，要快点练！"一听这话，我那不争气的泪水就在眼眶里打转了。

这还不算，有时练到腿抽筋，疼痛难忍。可一到晚上，妈妈还催促我加班加点，复习当天学习的动作，我费了九牛二虎之力，练到妈妈心满意足时，才上床休息。这时已是筋疲力尽了！

经过了几个星期的"较劲"，我的身姿竟发生了巨大变化：走路时，背部挺起来了，周围的人又重新投来了羡慕的目光……

我高兴极了，心想：驼背啊，你已经不能再"逍遥法外"了。赶快从我身边离开吧，你再也别想欺负我了！

　　我的耳边似乎听到"驼背"的声音："哼！你别太得意忘形了，有机会我会再回来的！"

　　我坚定地回击："那好啊，让我们比试比试！看谁笑到最后！"

第三部分　生活甜酸季

捕蟹行动

曹世芳

前几天，爸爸买回了几只螃蟹。这些顽皮的螃蟹用两只大钳子拼命地夹着同伴，似乎想一起逃出这困住它们的"监狱"。果然，再过几天去看它们的时候，只剩下三只了。这可急坏了老爸，在爸爸的悬赏下，一场"捕蟹大行动"开始了。

为了爸爸的酬劳，我找来一个电筒，仔仔细细把厨房每个角落都找遍了，却不见螃蟹的踪影，不要说螃蟹了，连根螃蟹的毛都没找到！累死我了！真想贴个"寻蟹启事"！我坐在一旁休息，一边欣赏着家人找螃蟹的滑稽模样。妈妈弓着背，埋头苦找；妹妹蹲在地上，边找还边唱着："螃蟹，螃蟹，你快回来！"老爸更是绝，拿了个电筒，眼也不眨一下，汗水滴了下来也全然不顾。见他们那么认真，我也继续投入到找螃蟹的行动中。可是半天下来，一只螃蟹也没找到。怎么办呢？大家为此伤透了脑筋……

还是老爸技高一筹，他又想出了"食物诱惑"的办法。他让大家把自己认为螃蟹最爱吃的食物放在角落里，企图让螃蟹自投罗网，可是这些螃蟹实在太聪明了，就是不见一只螃蟹钻出来。这下大家失去了信心，捶背的捶背，扭腰的扭腰，捏腿的捏腿，一片叫苦声。

老妈终于忍不住了："我不找了，累死我了！妹妹也提出了抗议，然后一屁股坐在了鞋架旁。突然，小妹眼睛一亮，大喊："老姐，你看，一只大螃蟹！"我走过去一看，嗬！一只大螃蟹正趴在爸爸的皮鞋旁，举着两只大钳子向我们示威呢！

哈哈！没想到最终赢得胜利的居然是老爸的那双臭皮鞋！

享受砍价的乐趣

拾锦惠

看到大伙儿买东西时砍价那高兴劲儿，弄得我心里痒痒的。偶然一次，弟弟让我帮他买一把玩具枪，我终于可以尝到砍价的滋味了。

下午，我飞也似的跑到了离家最近的一家玩具店。一到店里，哇！真是五花八门、琳琅满目，满眼都是非常精致漂亮的玩具！真是让我心花怒放、爱不释手。我认真地挑选了一把玩具枪，急忙询问多少钱。看到阿姨就在不远处，我走过去，笑嘻嘻地对阿姨说："阿姨，这个多少钱？"只听她冷冰冰地甩了我一句："十七块！"啊！哪有这么贵的玩具枪呀！为了买到它，我还是笑容满面地对阿姨说："阿姨，这把玩具枪有点儿贵，能不能便宜点儿？七块怎么样？"阿姨又板着脸说："不行，就十七块！"我听了，就装作满不在乎地说："要不，我到别处去买吧，说不定别人那里还不用七块呢！"我刚说完，阿姨就改变了态度，温和地说："别走嘛，商量商量，要不十块怎么样？"我听了，心中暗喜，声音也是提高了八度，"不要了！"阿姨看我要走，就只好硬着头皮客客气气地答应了。这下我可高兴坏了，还忙称赞阿姨说："阿姨，和气生财嘛！"阿姨一听，乐了："小家伙，你嘴还挺甜！"

其实，砍价不是很容易的事，这是奶奶说的。我学会了砍价，觉得这也是一种享受哟！

我和"倒霉"有个约会

孟子寒

今天是星期六，我照例要去书法班上课。"啦啦啦，种太阳，啦啦啦，种太阳……"我骑着自行车，一边哼着小曲，一边欣赏路边的美丽景色。这时候，意外出现了：前面路上有个小坑，自行车前轮和小坑来了一个"kiss"，结果我被狠狠地摔到地上，和大地妈妈也来了一个"kiss"。本来不错的心情，被这个"kiss"一扫而光。我气呼呼地扶起自行车想夺路而逃，结果发现车把歪了，用了九牛二虎之力把它正过来，又发现车链掉了。我随手捡了根树枝作辅助工具，想把车链子安好，可老是安不上。看来只好"亲手"作战了！我双手抓住油腻腻的链子，企图将它安上去，好几次都是以失败告终。我看着自己脏兮兮的"油爪"，又急又气。这时，书法班的同学"小胖子"从这儿经过，看我狼狈的样子，瞪大眼睛说："孟子寒，你竟然连个车链子都搞不定，丢人呐……"说完一溜烟跑了。这小子，一点儿同情心都没有，没见我正"囧"着嘛！没办法，我只好推着我的"坐骑"一路狂奔，向书法班跑去……

"报……报……告！"老师走过来，看着我那黑乎乎的"油爪"，笑了。"快先去洗个手。"老师和蔼地说。见老师没有责怪的意思，我那"十五个吊桶打水"的心才平息了不少。开始练字了，也许是"惊魂未定"的缘故，字老是写不好。坐在我前面的"小胖子"，还频频回头冲我做鬼脸，气得我伸出"九阴白骨爪"去抓他，一不小心打翻了墨汁，弄得我满身都是。这衣服可是妈妈刚花两百多元钱给我买的，没穿几天呢！

黄昏时分，我拖着疲惫的脚步往家走去，等待我的将是一场暴风雨……

男草莓，女草莓

代俊俏

　　童年的趣事像一棵树上的树叶，数也数不清，摘也摘不完。我的这棵树上也有许多树叶，每片树叶里都藏着一个动人的故事，我随手摘下一片，编织在里面的故事就悄悄地溜了出来……

　　"那是在你四岁的时候，"树叶开始娓娓道来，"那时，妈妈养了几只兔子，那几只兔子可调皮了，经常跑出来吃外边的野草。有一次，一只灰兔子跑了出来，啃起了妈妈种的草莓的嫩叶，妈妈有点儿生气。你坚持要去看看草莓受到了多少伤害，心里只是想要看看草莓有没有像你一样那么爱哭，看看草莓流的血到底是什么颜色的。见你很固执，爸爸妈妈带你去了。'妈妈，妈妈！'你很着急地叫了起来：'草莓的血怎么是绿色的呀？它是不是生病啦？'妈妈顾不上回答，笑得前俯后仰。你更着急了，大喊起来：'爸爸，爸爸，草莓是男的还是女的呀？'你爸爸听了，笑得直不起腰来。过了一会儿，等爸爸妈妈笑够了的时候，你若有所悟地说：'哦，我知道了！他一定是男的！对不对？妈妈说过，男孩子不爱哭，所以是男草莓啦！'"

105

　　树叶停了一下接着说："当时你爸爸妈妈笑得更厉害了！你十岁的哥哥问清缘由后，也不由得笑个不停，你呆呆地站在那里不知所措了。哥哥好不容易喘了口气，神秘地告诉你草莓的血本来就是绿色的，不会生病。你静静地听完后，恍然大悟似的点了点头，自己也不好意思地笑了起来……"

　　树叶说完后，我把它放回了树上。"树上的树叶数也数不清，树上的故事讲也讲不完。"树叶们致意后，便悠然地躺在了树上，故事树叶的大门，关了。

奶 奶 说

兰晓天

奶奶说："现在的孩子真是享福，天天过年似的。以前可不是这样。"

"以前怎么样啊？"我总是好奇地问。

"以前啊，一年累到头，菜里没有油，只有等到过年才买几斤肉，还得从初一吃到十五。现在不一样了，不一样了……"

奶奶说这话的时候，我总是不明白那是为什么，但我觉得奶奶满脸都写着幸福。

有一次，我的衣服破了个小洞，我不愿意穿它。奶奶就说："新三年，旧三年，缝缝补补又三年。要是在过去，你这样的衣服只有财主家的孩子才穿得上啊。"看看我的衣服还真是不少，大多都很漂亮，还有几件听爸爸说还是什么名牌的呢！按照奶奶的话说，我还真是个财主哩！

我在城里的小学读书，离家有六七十里路。每个周末，我会坐着爸爸的小车回家看奶奶。听到爸爸小车的声音，奶奶总是说："这四个轮子就是快啊，比骑马还快。"马我没骑过，但坐在爸爸的小车里，飞驰在平坦的柏油公路上，看沿途山清水秀，房屋漂亮，真的很幸福哦！奶奶说："要是在几十年前，想都不敢想，从东至回家要不了一个小时。"我不明白她为什么不搭车呢。奶奶说："那时我们这个山村出趟远门可难了，先得走上好几里山路，再挤一天才一趟的去城里的车……"哪有这么难啊，我想，这宽阔的大路不是修到家门口了吗？

中午一家人围坐在一起吃饭，奶奶一个劲地给我夹好菜，奶奶说："要不是政策好，哪能过上这么好的日子哦。"

"这日子就算好了吗？"我说，"以后会更好的。"

奶奶接过我的话说："是啊，这日子真得叫芝麻开花——节节高，一年更比一年好喽！"

忙碌而充实的周末

谢佳玉

以前，我对周末的感觉就是"哑巴吃黄连——有苦说不出"。因为我周末没有时间休息，被学习排得满满的：周六上午做作业，下午学钢琴；周日上午学奥数、作文，下午学英语。

有一次，我对家里人大发牢骚："教育部规定要给中小学生减负，可我觉得我是越减越重。我真想什么都不学了。"

爷爷一听，连忙解释道："玉儿，时代不同了，社会的竞争越来越激烈，如今好多大学生都找不到工作。只有那些名牌大学的学生和有一技之长的人才更容易出人头地。要想长大后有出息，就必须从现在开始，在学习上、技能上超过别人，你说是不是这个道理？现在不学，你就比别人落后一大截了呀！"听爷爷这么一说，我慢慢地想通了。只好这样安慰自己：有一分付出就会有一分收获。

既然无法不去学习，怎样才能"苦"中取乐呢？那就是在学习中和学习间隙努力寻找快乐、创造快乐。经过一段时间的实践，我还真从忙碌中找到了快乐。当我解决一个难题，弹好一首曲子，我都有一种成功的喜悦之情。再比如下课时间，我就和同学们一起做游戏。同学多，玩法也多，大家一起说说笑笑、追追赶赶，这比一个人在家玩有趣多了。还有，我还随身携带了一些可以随时娱乐的工具，如跳绳、卡片、毽子。这些小东西既可以独自玩耍，又可以和伙伴一起玩耍。

星期天下午从补习班回来，我和姐姐有个约定，搞半个小时的运动。运动内容很多，有时我们打羽毛球，有时转呼啦圈，有时骑自行车……

这样一来，我的每个周末都变得忙碌而充实了。呵呵，看来，什么事情只要端正心态，一切都会变得有滋有味。

家有喜事

洪心怡

今年是2011年，我们家可谓牛气冲天，喜事连连！

第一件事是买了一个大书柜。它是棕色的，很大，端端正正地摆放在书房里。于是，我就把以前堆放在书桌上的一本本书整理好，有序地摆放在它的"肚子"里，漂亮极了！从那以后，我每个星期五一回家就认认真真地写作业，作业写好了就可以从书柜中顺手抽出喜爱的书看，不再为乱堆在书桌上的书而烦恼了！

第二件事是给我家的电器一族添加了一位新成员——"美的"冰柜。你瞧，它虽然只有我一半高，可体积却是我的四倍，身上罩着一件银灰色的"大衣"，正面写着"美的"两个大字！"吱——"打开冰柜的"大肚子"，真是"大肚能容天下可容之物"呀，只见里面深约一米，可以存放多种食品，如：肉类，海鲜等。"美的"冰柜的冷藏能力可厉害着呢！肉类如果包装得好，保鲜一两个月绝对不成问题。一到周末，妈妈就会买一些肉类和海鲜"喂饱"冰柜，这样，每天下班回家就可以拿出适量的肉、海鲜等，做出可口的饭菜。

第三件事是老爸千挑万选终于买回了一辆银灰色的"天籁·公爵"汽车，这可是我们多年的愿望。它不仅外观美丽大方，而且内部装潢可好了，是精英版，装有汽车娱乐导航系统。导航里有MP3、MP4、DVD、收音机，还有小游戏。看着这么多的娱乐功能，我爱不释手，真想坐在副驾驶位置一下子玩个够！

这三件东西给我家增添了许多光彩。我期待着我们家将会有更多的喜事！

我的暑假

高艳君

　　书包一扔，哈哈，我放暑假了！"我是一只小小鸟……"我正大声唱着歌，看到了妈妈，心里很是害怕。我怕妈妈又给我安排好了辅导班。真不想去辅导班，而且我还有个暑期计划想要实行，如果去辅导班，那我的计划又要泡汤了。

　　上次去姥姥家，姥姥、姥爷看到我们去非常高兴，准备这准备那，在聊天的过程中姥姥说光两个老人在家很孤独，看着姥姥花白的头发，那时我就想在这个暑假去陪陪他们，姥爷以前是教师，我喜欢听他讲以前的故事，而且他也喜欢听我和我们老师同学之间的故事。姥姥做的油饼那是一绝呀，我特别喜欢吃，虽然因为给姥姥烧锅弄得我都成了"小花脸"，但我还是很开心。最主要的是我还有自己的"小算盘"呀！姥姥家离山很近，到了暑假，很多水果都成熟了，我可以和小伙伴一起去摘果子，采蘑菇，比登山……有趣极了！以前妈妈带我来住几天就走了，这次我可是想多玩几天。

　　可是妈妈会答应吗？我很担心！吃完饭我讨好地帮妈妈收拾碗筷，跟妈妈说："妈妈，我已经大了，这个暑假我想自己来安排，行吗？"妈妈先让我说了说自己的打算，没想到我亲爱的老妈居然答应了，当然，妈妈不会便宜我的，提了一些条件，比如跟姥爷学什么算盘、写一些体会。我哪还记得那些呀，我的心思早飞到姥姥家去了。

　　第二天妈妈和我商量着做了份暑假计划，有学习的安排也有玩的安排，妈妈大部分都征求了我的意见。我对这份计划挺满意的，我终于有了自己的暑假！

第三部分　生活甜酸季

都是"我的"惹的祸

刘 欣

　　我是家中的乖乖女，是爷爷、奶奶、妈妈的掌上明珠，也是家中的"小霸王"，他们凡事总是让我几分。

　　这个碗是我的，那支笔是我的，这些钱是我的，那些零食是我的，"我的"这个词成了我的口头禅。

　　一天，我把妈妈刚买来的苹果扔进了垃圾箱，爸爸生气地说："你为什么把刚买来的苹果扔掉？"我没好气地说："觉着不好吃，就扔掉，怎么啦？"爸爸又说："爷爷奶奶还没吃过，你怎么不让他们尝尝？"我反驳道："妈妈说是给我买的，所以这是'我的'，我的地盘我做主。"爸爸无言以对，我带着胜利的微笑扬长而去。

　　今天是父亲节，老师让我们亲自动手给爸爸做个礼物。于是整整一个上午，我把自己关在屋子里绘一幅画，想给爸爸一个惊喜。等我把刚刚完成的绘画大作递到爸爸手里时，爸爸问了一句："这是给我的吗？"我点了点头。没想到爸爸竟三下五除二把画给撕碎了，顺手扔进了垃圾箱。我生气地说："你为什么把画给撕碎了？"爸爸说："这是我一生中见到的最难看的一幅画，反正这是你给'我的'，我爱怎样就怎样！"说完，爸爸也带着微笑扬长而去。

　　望着爸爸离去的背影，我伤心得哭了起来，心里不停地诅咒着自己的这个坏爸爸。可转念一想，爸爸以前对我从来不这样，这次可能是想以这种方式教育我：尊重他人的劳动成果，就是尊重他人，也只有尊重他人，才能得到别人的尊重。看来都是"我的"口头禅惹的祸，真该改一改了。想到这儿，我破涕为笑，把撕碎的画仔细地粘起来，贴在我房间的墙上。

　　一会儿，爸爸回来了，端详着墙上的画说："这才是我见过的最美的一幅画。"我想了想说："它之所以是最美，是因为爸爸给它添上了最美的一笔。"爸爸笑了，我也笑了。

学茶艺

闫佳欢

阳光明媚的下午，我们乘车来到了南开区少年宫参加社会实践活动。

到了少年宫，这才知道，我们班的同学要去茶室品茶。当听到这个好消息后，同学们像踩了钉子似的到处乱跳。这是为什么？哈哈，因为他们高兴呗！曾经在课本中读过一篇课文《鱼游到了纸上》，便知道了西湖玉泉的后院便有茶室，在这里，可以一边喝茶一边观鱼，那可真叫赏心悦目。平常可没有机会去逛茶室，今天可谓是第一次走进茶室。映入眼帘的便是一张张茶桌，周围摆了六把椅子，一只只木头做的茶船以及一件件茶具，可漂亮啦！

听了老师的讲解，我便感到品茶真是一门大学问。首先把铁观音茶放在茶壶里，倒入开水，然后封壶，这第一泡的茶水要倒入闻香杯和品茗杯中，刷洗器具之后，把它倒掉；第二泡要泡30秒，先把茶水倒入闻香杯，然后再倒入品茗杯中，拿起闻香杯闻三香——高温香、中温香、低温香。第三泡要泡四十五秒，第四泡要泡六十秒。哈哈，我现在也算是新手茶人，茶人就讲究一泡汤、二泡茶、三泡四泡是精华。

品茶更是蕴涵着学问。品茗杯虽说小，但也要分为三口喝下。一口称为饮，两口称为回，三口才为品。难怪"品茶"的"品"字是三个"口"呀！

老师说，春秋季节要喝乌龙茶，夏季要喝绿茶，冬季要喝红茶！回到家，我和爸爸、妈妈兴致勃勃地分享了自己的收获。

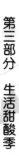

童年趣事

周鲁杰

童年是一艘小船，在成长的长河中随风飘荡。船上载满了有趣的事件，其中我对一件事记忆犹新。

记得那一天，爸爸骑着自行车带着我，我指着漫天飞舞的柳絮说："爸爸，那是谁家的棉花？"爸爸说："那不是棉花，是柳树的种子，柳絮。"我又问："爸爸，我把柳絮吞进肚子里，它会不会发芽？"爸爸笑嘻嘻地点点头。我赶紧把嘴闭上，怕把柳絮吞进肚子里。

回到家，窗户开着，好多柳絮都在家里飘，我忙闭上嘴，可谁知反倒把柳絮吸进了肚子里。我想：把柳絮吸进肚子里了，柳絮会在我的肚子里发芽吗？我不喝水就等于不给它浇水，不吃饭就等于不给它施肥！

那天的早饭是牛奶，我没有喝；午饭是我最喜欢吃的牛肉面，我也忍着没吃；忍不住时我才吃那几口饭，喝一丁点儿水。这样坚持了几天，第三天中午，我觉得肚子里"咕咚"一声响，我以为是柳絮生根了，"哇"的一声哭了。妈妈闻声赶来，问我怎么了？我把事件原原本本告诉了她，妈妈说："傻孩子，你爸爸是在跟你开玩笑的。"我听了，破涕为笑。

童年的趣事不仅仅这些，还有其他有趣的事，只是这件事是我脑子里最难忘的。

天空的颜色

盛婷花

我的出生选择了寂静。我的世界是无声的，安静的，仿佛只有我一个人。我身边的人来来往往，可大人们不理我，小伙伴也不和我玩，他们还总嘲弄我这个"小哑巴"。或许我的降生是个错误，给这个家庭特别是给妈妈带来了不幸。自从生下我，妈妈可没少挨爸爸揍。小时候，我常常看见她一个人默默地流泪，很伤心，很委屈。我依稀记得，那时的天空是黑色的。无边无际的黑暗笼罩着我周围的一切。

我常常一个人跑到山间的小树林去看小鸟，摘野花；我还常常下到村头的小河去追小鱼，扯水草。谁说我听不到声音，我依稀听到了花儿开放的声音，柳树抽芽的声音，泥土喝水的声音……一切都那么美妙。我欣喜地发现：天空是绿色的，小草一样，嫩嫩的，绿绿的。

我八岁那年，妈妈生下了弟弟。弟弟是个健全的小家伙，全家人都很高兴。妈妈的脸上露出了一丝笑容，可她的眼里却还闪着泪花。爸爸不再打妈妈了，不过我知道，他有时仍会埋怨妈妈，这都是因为妈妈生下我这样一个又聋又哑的女孩。可是，这又能怨妈妈吗？

也就是那一年，我从村上的小学转到了城里的特殊教育学校。抬头望望天空，蔚蓝蔚蓝的，明净而清澈。我有了很多跟我同样命运的小伙伴，大家一起学习，一起玩耍，再也没有人嘲笑我了。这里的生活单纯而快乐，我很快就爱上这儿了。我很喜欢画画，一有空就背上画夹，在校园里捕捉大自然的色彩，用手中的画笔绘出五彩的世界。

时间过得真快，转眼间，我就快小学毕业了。我也有了崇拜的偶像，那就是春节联欢晚会上《千手观音》的领舞邰丽华，她是我们的骄傲！千手观音表演时放射出的耀眼光芒深深地吸引了我，我觉得那时的天空就是金色的。

天空究竟是什么颜色的？黑的？绿的？蓝的？还是金色的？不，我的天空是五彩缤纷的！

扮了一回"喜童"

刘 醒

"喜童",知道不？就是我们陕西关中一带农村结婚那天陪同新郎去请新娘的小孩儿。在我们这儿俗称"叫媳妇娃"。今天叔叔结婚，我就扮了一回这个角色。

早晨一起床，老妈便让我穿上新买的一身运动服，外加一双新运动鞋，还让我洗干净这张原本对得起观众，但因为平日学习忙碌而时常弄上墨水的国字脸，抹上老妈平日用的香脂，且在头上打上啫喱水。一番乔装打扮之后，我这个"喜童"便收拾妥当了。

十点左右，叔叔便请我去叫新娘。只见"花轿"已装饰一新："奥迪"车前有一个塑料花做成的大大的"心"，它中间用黄花拼成"love you"，四周用圆形拼成花朵。奶奶给我戴上写有"新娘"字样的大红花，叔叔便将我抱上车。由录像车、"花轿"等多种车辆组成的迎亲车队便浩浩荡荡出发了。我心里美滋滋的。

很快，我们一行就来到新娘家门外。刚一下车就被请去洗脸、喝茶。寒暄片刻之后，主人便领我们去赴喜宴。嗬，可真够丰盛的——我们这儿的最高礼遇："九起十三花"（指喝茶有九碟食品，喝酒有十三碟凉菜），鸡、鱼、肘子样样有。主人热情地敬酒，我一个小孩子家哪能喝酒，只好不停地抱拳表示感谢。

饭后，该我这个"喜童"上场了。我被领到新娘子出阁前的房间。我甜甜地叫声"婶！"便将新娘子戴的大红花递过去。新娘子便递给我一个红包。只见上面有一龙一凤，写着"龙凤呈祥"四个金色的大字。我来不及细看，忙将它塞进裤兜里，嘴里甜甜地叫着："婶，上轿！"可是，婶坐在那儿一动不动，床边围了许多人。叔叔情急之下，便上床去抱。可床边的人不让叔叔下来。我这个"喜童"便忙给叔叔开路。我连拉带拽，终于叫叔叔下了床。可是大门又被堵上了。我顾不了那么多，又是拳打，又是脚踢，又是手掐，可算为叔叔打开一条通道。叔叔抱着婶，在人们的喊叫声中，飞快地上了"花轿"。车队开始缓缓前行了，我这才长长地吁了一口气。

原先总以为扮"喜童"挺风光的，既能赴喜宴，又能得红包。今天看来，却是挺不容易的。

115

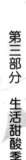

第三部分　生活甜酸季

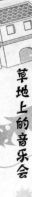

一件最好的礼物

朱炯奕

1998年的9月24日，在上海中山医院的产房里传来了一阵"虎啸"——一只可爱的小老虎诞生了，那就是我！那就是我送给爸爸妈妈最好的"礼物"。

这个"礼物"是优质的。他有一副强壮的身体，他有一个聪明的头脑，他有一颗孝顺的心……这一切都在日后的成长中一一得到了印证。

我今年才十岁，已经拥有比同龄人偏高偏重的体格。长得虎头虎脑的我喜欢打篮球，是优秀的防守队员。我希望长大以后效力于国家队，当然这要取决于我是否还在快速增长的个头啦！我喜欢游泳，在班级中，我是游泳高手，所向无敌。无论是自由泳还是蛙泳，无论是仰泳还是蝶泳，我都能游得又好又快。

我今年才十岁，已经参加过多次"奥数"比赛。每次都显示了我的"虎威"——杀进了决赛，但又每每和证书失之交臂。虽然没有获奖，但是训练了我的思维能力，使我的数学学得轻松，考试易如反掌，都能稳稳地"坐"在前十名的位置上。

我今年才十岁，已经懂得怎样体贴父母了。妈妈每天上班十分辛苦，下班总是感到腰酸背痛。我经常用力大无比的"虎掌"为妈妈捶背揉肩，每当看到妈妈放松舒服的样子，我就十分快乐。"朋友，你好！""朋友，你回来了！"这就是我和爸爸之间默契的问候。每当我用笨拙的"虎爪"为爸爸送上一双拖鞋、一杯水时，他脸上便会露出幸福的一笑，我就感到十分快乐。

爸爸妈妈非常珍爱我这个特殊的"礼物"，而且随着时间的推移，愈加"爱不释手"了。他们非常感谢造物主送给他们这件世界上最好的礼物——他们的儿子！

"打的"惊魂记

王亦文

那是几年前的一个星期天，下午两点左右，我像往常一样，拿着剪刀、彩纸等工具，准备在妈妈的"护送"下去学校上兴趣班。可谁知"六月的天，娃娃的脸"，刚才还"笑容灿烂"的天，霎时间，乌云密布，电闪雷鸣，豆大的雨点从天空中砸了下来……

"铃——"忽然一阵急促的电话铃"拽"住了正准备"护送"我出门的妈妈。"嗯……嗯……好的，我马上来！"放下电话，妈妈着急地对我说："妈妈单位有急事，今天你自己打的去吧！"说完扔下钱和不知所措的我消失在雨雾中了……

"嘀——小姑娘，上哪儿？"一辆出租车停在了我的面前。"外国语小学！"我连忙冲了进去。

"小姑娘！你一个人呀！"司机问道。"是的……"上了车的我从反光镜中打量了一下司机，可谁知不看不知道，一看吓一跳，他怎么长得这么像我昨天在电视中看到的坏蛋呀！瞧！他满脸络腮胡子，戴着一副墨镜，嘴上斜叼着一根香烟，脸上竟有一道长长的刀疤。（一定是打架时留下的"纪念"吧！）

怎么办？我一定是不小心上了坏人的车。"小姑娘，几年级了？""坏蛋"问道。"我……难道他想绑架勒索我，我可不能将自己的年级告诉他，否则……"我紧张地盯着"坏蛋"司机开车的方向，生怕他将车开到陌生地方去。对了！我得自卫，可是武器呢！嘿嘿，有了，我连忙偷偷地从袋中摸出了武器——剪刀，哼！要是你敢绑架我，我就跟你拼了！

车慢慢地停了下来，难道是坏蛋的老巢到了，我定睛一看，长长地舒了

117

第三部分　生活甜酸季

一口气，哦！原来是我们外国语小学到了，我拿起伞飞也似的跑下车。

回到教室，我长长地舒了一口气，"呀！不好！我将我的武器——剪刀落在车上了。"唉！算了，便宜他了。可是放学时，我却意外地在门卫"失物招领"处发现了它的踪迹，听说是一位司机叔叔送来的！

蚊蚊与雯雯

胡依雯

"嗡嗡嗡，嗡嗡嗡，我是一只快乐的小蚊子，嗡嗡嗡——"大家好，我是一只蚊见蚊爱，花见花开的小蚊子，生活在小主人雯雯的房间里，我俩可真有缘呀！她叫"雯雯"，我叫"蚊蚊"。

"嗡嗡嗡——"你看，雯雯的小弟弟睡着了耶！咔哇伊，好可爱哟！我得上去亲亲他，顺便送他一个"大红包"。"哎呀，宝宝的小脸怎么有一只蚊子？雯雯快去打！""不行！不能打！"好感动，不愧有同样的名字！"我怕打到宝宝！"啊！我好受伤！

"嗡嗡嗡——"快看！小主人雯雯闭眼的样子好可爱啊！不知她睡着没有，我哼支蚊子家族的《催眠曲》吧："嗡嗡，睡吧，嗡嗡嗡，快睡吧，嗡嗡嗡……"哎哟，小主人你……你怎么打我？你怎么能打我？真是好心没好报，唉！看来我得回去养养伤了，"嗡嗡，一会儿见，小主人。""死蚊子，吵死了，半夜三更的吵什么！"身后传来小主人的一阵骂声。"呜呜——怎么可以这样？我好伤心，小主人你为什么这样对我！"（我难过地睡着了。）

嗯？家里好香，哇！还是小主人的妈妈好，还帮我洒香水。（其实是花露水，唉！如今连花露水也造假！）咦？小主人在干什么？跳舞吗？虽说我体积小，你们不怎么注意我，可是跳舞总得叫上"蚊蚊"吧！我可是"世界蚊子最高舞蹈学院"毕业的最优秀的学生呐！让我来大显身手吧！"啦啦啦，嗡嗡嗡，左三圈，右四圈，翅膀扑扑，小嘴拱拱……"啊哈，好开心呐！哎哟，呀！不小心让小主人的头发给打到了！好疼！继续……

咦？小主人她们要出门了？唉，我看家吧，我也好想出去呀！"哧哧哧……"什么声音？哇！好香呀！可头为什么晕晕的？主人手里拿的什么？啊！杀虫剂！主人你们好毒啊！我蚊蚊一世英名，对你们又那么好，可你们却谋害我！救命呀！让我最后再唱一支歌吧！"嗡嗡嗡，嗡嗡嗡，我是一只倒霉的小蚊子，嗡嗡嗡，嗡嗡嗡……"

我是一条会变的虫

杨 迪

跟你说个秘密，其实……其实我是一条会变的虫。嘘——尖叫的声音轻点儿，把你那张可以吞下鸡蛋的大嘴闭上，不要用这种"雷人"的眼神看着我。真的！我真的是一条会变的虫。还不信，你瞧！我变——

懒 虫

这是暑假的一个早晨，太阳公公很早就开始上班了，他火辣辣地在我家窗口窥视。而我呢！正舒舒服服地摆着"大"字，在床上做着我的"美梦"……

"啪——啊——"随着我的惨叫，卧室里传来了老妈的河东狮吼："杨迪你这个大懒虫！快起床——兴趣班要迟到啦！"我睁开蒙眬的睡眼，呀！不好！随着老妈的"河东狮吼"，她那"钳子"大手也伸了过来，准备"修理"我的耳朵，我这只懒虫吓得连忙从床上滚了下来。

馋 虫

中午，那昏昏欲睡的"奥数兴趣班"终于熬到了头，我无精打采地向家走去。我那可怜的肚子早就奏响了"咕咕、咕咕"二重奏，向我表示强烈的抗议。

"呀！真香——"刚跨进家门，我那好似狗狗的鼻子便带着我来到了香味的发源地——厨房。我掀开锅盖一瞧，呀！是我最爱吃的红烧鸡！我立刻启动雷达，扫描了一下客厅，嘻嘻！没人！于是我立刻开始了"手抓烧鸡"，一块，两块，三块……

"杨迪！"不知何时，妈妈站在了我的身后，"瞧你！洗手了吗？啊！骨头都有一堆了……你……你真是一个馋虫！"

臭　虫

"啊！终于可以休息一下了！"上完了一天兴趣班的我回到了家，"扑通"一下倒在了沙发上。不到一会儿，沙发上就传来了我的"呼呼"声。

"喂！喂！喂！杨迪！你怎么……你怎么睡着了。呀！好臭呀！你快去洗脚！你这个香港脚。什么，昨天晚上才洗的？不行，快去洗！……唉！真拿你没办法。你真是一只大臭虫！"

怎么样？我是不是一条会变的虫？告诉你，我这只虫本领还大着呢！我还会变成书虫、网虫、瞌睡虫……

121

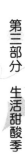

徐扬VCD

徐　扬

碟片名：《"两面派"徐扬》

领衔主演：徐扬

客串明星：季老师　妈妈　同学A　妹妹

A面

地点：教室

镜头一：

"季老师，放学后我能帮值日生打扫一下教室吗？""徐扬，真懂事！当然好啦！"放学了，我毛遂自荐做起了值日生。

先排桌子，然后帮他们扫地，细心的我不放过任何边边角角。因为有点儿热，我还在厕所洗了一把脸（没擦干，湿湿的比较凉快），然后继续扫地。过了一会儿，季老师来了，她见我干得满脸汗水（其实是自来水），感动得竖起了大拇指："徐扬，不错！做事真认真，劳动真积极！"

镜头二：

"徐扬，这道题怎么做呀？"同学小A用她那求知的眼睛看着我，于是我立即拿出一张纸和一支笔，耐心地为他讲解起来。

"怎么样？听懂了吗？""谢谢你，徐扬，你真是乐于助人呀！"

B面

地点：家中

镜头一：

"徐扬，来看看！你都六年级了，怎么早晨连自己的被子也不知道叠叠……"听！老妈又在对我的"被子问题"开始长篇大论了。"干吗要叠，反正晚上还要睡！"我嘀咕道。"什么？"老妈的耳朵真灵，小声嘀咕她都听得见，"'反正晚上还要睡'，这叫什么话？反正你吃了饭还会饿，那你能不吃午饭？你怎么这么懒呀！"

镜头二：

"姐姐，姐姐！你能讲个故事给我听听吗？""我还要看电视呢？你这个小屁孩怎么这么烦人呀？"我不耐烦地说。"姐姐，就讲一个……还不行？姐姐，那么就讲半个故事吧！""呜——妈妈，姐姐不肯给我讲故事，呜——"

123

难忘时刻——割稻记

倪铄阳

在城市里长大的我一直想体验一下农村的生活。我的提议得到了爸爸、妈妈的赞同。于是，我来到了农村——爷爷家。

农村此时正是收割的季节。清晨，我们迎着徐徐微风来到了田间，打谷机"吱——吱——吱"的声音，人们割稻时的"沙沙"声，还有大家收割时畅谈着今年丰收的声音，这一切声音似乎交织成了一首丰收之歌，在田野上回荡着。

我被这热火朝天的景象感染了，巴不得马上加入劳动的行列。于是，加快脚步走向爷爷家的稻田。平时在电视中看到农民割稻是那样的迅速，以为这是一件容易的事，谁知真做起来才知并非如此。我使尽了力气，那稻子却纹丝不动。我这个"门外汉"赶紧向经验丰富的爷爷请教。爷爷告诉我，割稻时首先要注意姿势，两脚分开与肩同宽，上身前倾，左手抓住稻谷，右手握紧镰刀，镰刀要放平，左右手要配合默契。我按照爷爷说的做，真的割下了稻子，初尝"战果"的我信心倍增，加快了动作，用镰刀奏起了"沙沙沙……"的割稻协奏曲。

啊，真累啊，我直起身子，感觉这腰都快撑不住我的上身了，真想一屁股坐在地上了。

"儿子，加油啊！"爸爸鼓励道。

"我……"

我真想说我不割了，可大人们割得那么迅速，让人看了眼花缭乱，再说这也是我自己提议的，所以，话到嘴边又咽了下去。

将近中午时分，太阳变得更猛烈了，如熊熊烈火般炙烤着劳动的农民，更让人感到难受的是稻谷的叶子常常粘到身上，让人感觉又痛又痒，难以忍受。日晒、蚊叮、流汗、口干、腰酸……我实在是吃不消了，不禁坐了下来，呆呆地望着远处的天空，忽而又想起了唐朝李绅的诗——"锄禾日当午，汗滴禾下土。谁知盘中餐，粒粒皆辛苦。"以前我对此诗的含义未做深刻理解。现在，我懂得其中真正的含义了。粮食得来是多么不易呀！我以后要更加爱惜粮食！

　　好不容易收工了，我们扛着农具，哼着小曲走回家去。经过这次劳动，我深深地体会到了，要有收获就必须要辛勤地劳动。学习也一样，只有经过坚持不懈的努力，才能取得理想的成绩，才能实现灿烂的梦想！

赚钱真辛苦

李伟翔

星期五早晨，匆匆吃完饭，我飞快地来到金笔作文教室。我满心欢喜，因为今天我们要参加实践活动——出去卖报纸。老师讲了一些注意事项，又分了组，然后我们就拿上报纸出发了。

一路上，我兴奋不已，准备大干一场！我们A组来到了学校门口的小吃摊前。我深吸了一口气，提了提神，走到一位慈眉善目的老奶奶面前。因为我觉得这样慈祥的老人即使不看报纸也会买一份的。我鼓起勇气上前说："老奶奶，我是金笔作文的一名学员，正在参加卖报纸实践活动，请问您需要买一份报纸吗？五毛钱一份。"我开心极了，等待着老奶奶点头。这时，老奶奶开口说："哦，对不起，孩子，我不认识字。"我简直都快晕了，不禁感叹道："没文化，真可怕！"我又给自己鼓了鼓劲，找到一位阿姨。我跑上去问："阿姨，您买报纸吗？"我怕她不愿买报纸，便拿出一张递给她看。不料她竟然冷冷地说："不买！"然后扭头就匆匆地走了。我心里非常失望，唉！

一会儿，老师带领我们转移了阵地，去了附近的家属区，我看看包中的报纸，不免有些灰心，因为转了一大圈，一份报纸也没有卖出去。最后，我准备奋力一搏，便仔细寻找目标，终于在家属楼后面找到了我认为合适的人选———一位老爷爷。

"老爷爷，您买报纸吗？五毛钱一份！""哦，有什么新闻啊？"

我有些不知所措，不知道该如何向这位年近七旬的老爷爷介绍我们的实践活动。因为我卖的报纸上没有新闻，最后，这笔生意还是泡汤了。

这次实践活动，让我明白了赚钱真是不容易，而我身上的每件服装都是用爸妈的血汗钱换来的，以后我一定要勤俭节约，不乱花钱。

剪 报 乐

肖 燕

今年暑假，我到表姐家去，表姐让我欣赏了她的剪报本。我翻开第一页。"哇！太漂亮了！""太棒了！"我简直不敢相信，封页上三个鲜艳夺目的大字"剪报本"，上面恰到好处地镶嵌着几朵七色花，页角上点缀着几颗金光耀眼的小星星，整个画面看上去美观、生动。我看得入了迷，连翻几页，这里简直是知识的海洋，有短小精悍的哲理小说，美妙的诗歌，有伟人名家的名言警句，有优秀精彩的作文，有妙趣横生的科学知识，有精美俏皮的卡通图……当然，有些内容不是我这个小学生能读懂的。我羡慕极了，也暗暗下了决心——我也要有属于自己的剪报本。

回到家，我拿出硬面本，学着表姐的样子在封页上精心地布置了一番，并给它取了个好听的名字——芳草园，因为我希望它能时时刻刻充满生机，让我吸取到新的知识。下面几页该怎么布置呢？我想了想，嗯，还是从报上下手吧，于是我一头扎进报堆中，认认真真地读，慢慢地品，觉得好的优秀的就剪下来，再慢慢地"谋篇布局"，然后细细地在空白处配上精美的图画……哇，初战告捷，这更增添了我的信心。

以后只要一有空我就去读书看报，看到合适的材料就剪下来再贴上，日子一天天过去了，我的剪报本也一天天丰富起来。少年报里的小故事，作文报上的优秀作文，语文报中的"帮你学课文"，杂志上的开心一刻、幽默、各种趣味知识等等，我都分门别类地剪下来贴好。茶余饭后，捧着我心爱的剪报本，细细阅读，慢慢品味，吸取营养，真是受益匪浅。要是读到好玩的事例时，我就特别开心。

现在我也尝到了剪报的甜头：爸爸夸我作文有了很大的进步，妈妈说

第三部分 生活甜酸季

我的绘画水平也提高了，老师表扬我，说我的思维活跃了，也更爱动脑筋了……我听了心里甭提有多高兴了。

剪报不仅丰富了我的课余生活，而且给我带来了无穷的乐趣。我喜欢剪报，要不你们也试试吧！

小小的我

欧阳锦艺

1999年，一个繁花似锦、蝉声阵阵的日子里，伴随着一声响亮的啼哭，我呱呱坠地了。

我一出生，大家为我起名的事忙开了。叔叔说，因为是女孩，所以要用个"婧"呀、"艺"呀，加上在家族中我属于"群"字辈，所以就叫"欧阳群婧"或"欧阳群艺"。爸爸立刻反对，说"群"不吉利，"群"就是"蠢"。最后，教了一辈子书的外公翻了一上午的字典，终于为我取了"欧阳锦艺"这个名字，他说这个名字看起来普通，其实不简单，首先它读起来好听，"欧阳锦艺"四个字分别属于一、二、三、四声，很有趣吧。其次，它含义深刻，"锦"是前程似锦的意思，希望我长大后成为对社会有用的人；"艺"是艺术，希望我成为一个多才多艺、全面发展的人才。

瞧，我的名字里寄托了大人们多少殷切的期望啊！

慢慢地，我在爸爸妈妈的呵护下长大了，成了一个品学兼优的小女孩。每个学期我都能捧回好几张通红的奖状，成了爸爸妈妈的骄傲。

我喜欢读书，酷爱写作。因为读书常常入迷，被同学们称作"书虫"。我的作文经常被老师当作范文念给同学们听。每当同学们投来羡慕的目光，我的心里比吃了蜜还甜。所以，我在心里种下了一个小小的心愿，我长大了要当一名儿童文学作家，给小朋友写很多很多他们喜欢的文学作品。

另外，我常常被妈妈说"臭美"。爱美是女孩子的天性嘛。这是我的隐私，不多说了。

这就是小小的我。怎么样，你们喜欢吗？

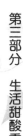

大 头

高瑞聪

　　"大头大头，下雨不愁。人家有伞，我有大头。"最初听到这话时，我总是捂住耳朵，因为别人都笑话我大头。后来慢慢地我松开了双手，甚至喜欢上了这句话。

　　首先，头大也不一定不好嘛，你们知道我为什么这么聪明吗？嘻嘻，原因就是我的头了，老师讲的每一句话、每一堂课，都会在我的脑子里"储存"，这么跟你说吧，我大脑的储存量是一般人的好几倍呢。

　　其次，就是下雨的时候，如果没打伞，我也不会为我的书包发愁。把书包放在头底下，一点儿也淋不着。别人的书包可就不那么幸运了，被雨水淋湿，里面的书都被"水"泡了，而我的却毫发未伤。

　　再次，我觉得我的头大，会引起大家的关注，人们还会到处宣传，这样就扩大了我的知名度。要知道，我可是我们小区的"明星"，无人不知，无人不晓。有时走在小区，后面就会跟着一群小粉丝，喊着口号"大头大头，下雨不愁。人家有伞，我有大头"，为我免费做广告呢。

　　还有，因为头大，我反应特快。做题时我总是第一个算出结果，找到答案，因此在班上我鹤立鸡群，得到老师的青睐，同时也得到一帮同学的追捧。当我帮助同学解决了一个个难题时，同学们总不忘拍拍我的肩膀，致上感谢词："大头大头，下雨不愁。人家有伞，我有大头。"

　　怎么样，你是不是开始羡慕我的大头了？

第四部分

爱看的眼睛

　　一到八月，桂花就纷纷开了。一簇一簇的桂花长在叶柄根部，乳白色的花瓣只有米粒般大小，每朵桂花都有四片花瓣，就像小小的十字架。

——张恺文《我爱桂花》

稻田里的爆米花

钱　静

星期六，妈妈送我到外公家玩。我和弟弟妹妹闲着没事干，就到田里去玩。

稻田里的稻子刚刚收割干净，光秃秃的田地里躺着一排排的稻草，等着人们去捆收。有的田地里的稻草被主人家放火烧了，只留下黑黑的稻草灰。

我们一会儿在稻草上打滚，一会儿在田埂上追着跑，玩得不亦乐乎。突然，妹妹发现烧过的稻草灰里有一粒雪白的爆米花，连忙跑过去捡起来。"咦，稻田里怎么会有爆米花呢？"妹妹高高地举起爆米花问我。

我和弟弟围了过去，也感到很奇怪，又在稻草灰里找了起来。还真找了不少呢，有的是黑乎乎的，有的从稻壳里冒出一半来。哦，这下我们都明白了，原来这爆米花是稻田里遗落的稻子被火烧了之后爆出来的。尝一尝，嘿，还真香！

"我们也来爆米花吧！"弟弟提议道。

妹妹回家拿打火机，我和弟弟捧来一大堆稻草，又到田地里寻找收割遗落的稻穗，放到一个空旷无人的田地里。

准备工作做好了，爆米花开始喽。

我们把稻草放好，用打火机点燃，再扔进一把稻穗。只听见"啪啪"的声音，一个个白色的爆米花从火堆里蹦了出来，散发出淡淡的米香。弟弟是个急性子，看火小了，又加了一捧草扔进火堆，盖住了刚才的稻穗，火苗一下子蹿了出来。这下我可急了，要是烧焦了怎么办。我又扔进一些稻穗。过了好一会儿，火终于灭了。拾起一个尝尝，味道真不错。自己动手烧烤的感觉还真不一样啊！

鸟　迷

王　菁

我爱鸟，什么鸟我都喜爱，简直爱到着了迷。

由于我十分爱鸟，所以只要看到画有鸟的图画、商标、广告，我都想方设法弄到手，并小心翼翼地把它剪下来，贴在我精心制作的漂亮的本子上。时间长了，我的剪贴本子里，什么鸟的画都有，像绚丽多姿的孔雀、色彩斑斓的鹦鹉、会说话的八哥，甚至人们不喜欢的乌鸦，应有尽有，真是多得数不清、说不完。每当放学回家，我总是要翻开剪贴本，一页一页地看，一个一个地端详，越看越想看，有时看得竟忘掉了一切。

提起麻雀，人们都觉得十分讨厌，可我觉得它很有趣。你看，那小小的黑嘴上边，镶嵌着一双机灵的小眼睛，全身穿着色彩有浓有淡的褐色"衣服"，高兴的时候，总是扇动着翅膀，小尾巴使劲地翘着。如果是许多麻雀在一起，就像比赛似的叫个不休，成了一支人们难以组合的交响曲。麻雀不仅爱唱、爱叫，还非常勤劳，尽管它也会吃庄稼，但更多的是消灭害虫。

像麻雀这样的鸟我都喜欢，当然，其他绚丽多姿的鸟儿我就更喜欢了。

一天，在放学回家的路上，我突然看到一只我从来没有见过的非常美丽的小鸟。它，红头、黄脖子、白翅膀、绿尾巴，头上一绺毛高高地翘着，一对机灵的眼睛十分明亮，褐色的爪子不停地跳着，嘴里发出十分悦耳的鸣叫声。我被这不知名的小鸟迷住了。于是就悄悄地向前走，想看个仔细。可它却像和我捉迷藏似的。我向前走一点，它就飞得远一点，好像在故意逗我。就这样，我向前走，它向前飞，不知不觉走了几里路。由于我只顾看鸟，忘记了周围的一切，一下子走进了荆棘丛中，脸被划破了，刚穿一天的衣服也被划了一个三角口子。天黑了，我回到家中，还挨了一顿打。

晚上，我睡在床上，虽然身上火辣辣的，但不觉得疼，因为我全部心思都在想：那只美丽的小鸟飞到哪儿去了呢？

由于我十分爱鸟，所以经常做有关鸟的梦。记得有一次，我梦见自己到了一个鸟儿的世界，在那遮天蔽地的大森林里，有许许多多我既没见过，也没有听别人说过的鸟，大的有二三尺长，小的却不到一寸长；高的站起来和我差不多，矮的在几步远的地方，你几乎都看不见。从颜色上说，那更是无奇不有，白的纯白，浑身没有一根杂毛；红的火红，远看简直是一团火；黑的黑中发亮，好像会流下油来。形状更是千奇百怪，仅从尾巴上说吧，长的比身子长几倍，短的却像被人揪没了一样，难看死了。还有的除了翅膀以外，浑身光光的，没有一根毛，像个肉蛋子。

看到这些，我可高兴了。突然，一只白眼圈活像是戴着眼镜的小鸟向我走来，我急忙迎上前去，跌倒了，我也被惊醒了。

我早就立下心愿：好好学习，为了让更多的鸟繁殖、生长，将来我一定要争取当一名研究鸟类的专家。

羊 羊 羊

田 野

暑假时，我和爸爸在二婶家玩，很多趣事让我回味无穷。不必说到溪沟里捉螃蟹，也不必说帮二婶做包子、馒头，单说放羊就有无限乐趣。

对于我这样一个长期生活在集镇的人来说，放羊倒是蛮有诱惑力。看见二婶去放羊，我一个箭步冲上去，脚下一滑差点倒地，羊也因此受惊吓向前一蹿，头抵住了二婶的腿，二婶摔倒了。我和二婶都哈哈大笑。二婶拗不过我的苦苦央求，最终，我获得了独立的放羊权利。

我接过羊绳，羊的四脚如同生根，整个身子拼命地往后拽着。"我就不信，一个人还制服不了一只羊。"于是，我用尽全力去拉绳子。这时羊好像有意耍我，猛然一蹿，我一屁股坐在地上。看看绳子还在我手中，摸摸屁股，感觉不痛，羊正在贪婪地吃路边上的草。

一身泥巴一身汗，总算把羊牵到了山坡上。巴芒草、小树叶，各种叫不出名儿的小草，羊似乎都爱吃，我真怀疑它吃了健胃消食片。

山坡上，树荫下，溪沟边，我陪羊吃草，羊伴我观光，一晃半天过去了，二婶叫我回家吃饭。

我摸摸羊肚，滚圆滚圆，轻声对羊说："明天再来吧。"

农村虽然很苦，但农村的一切都很美。农家多趣事，但愿我能经常回老家。

135

第一场雪

吕　寒

　　缠缠绵绵、飘飘洒洒的雪花从一片片云朵中落在树上、屋顶上、人的身上，一切都像披上了一件纯洁的大衣般令人赏心悦目。

　　绒绒雪片，似天女散花般，洒向人间。孩子们跳啊、唱啊，来迎接第一场雪的来临。一片片小雪花闪着晶莹的光芒，像眨着调皮的眼睛看着你。抬头望去，白雪像小银珠、像小雨点、像杨柳絮纷纷扬扬为我们挂上天幕雪帘。透过稀疏的雪帘望去，那远处的高楼大厦，隐隐约约，好像在雾中，宛如在云里，既肃穆庄严，又有几分神秘。

　　走在路上，两旁的树木低头俯瞰着行人，偶尔还调皮地抖落一身的雪片。听，"咯吱咯吱"的响声，在路人们的脚下演奏出动听的乐曲，人们都低着头默默前行，仿佛在专心倾听雪的私语。远处，嬉笑声弥漫了整个校园。原来，同学们在打雪仗、堆雪人，把学习中遇到的不顺与紧张都扔了出去。快乐，在下雪这一时刻源源不断。雪，也是传播快乐的种子。

136

　　停雪后的晚上，房屋披上洁白的素装，柳树变成臃肿的银条，围墙像白脊背的巨蛇，伸向远远的灰蒙蒙的暮色烟霭中。虽然夜色来临，但白天明亮、晶莹的雪仍在淡淡的月光下闪耀着微蓝的光芒。雪花白天的活泼，在此时却变成了夜晚的宁静。就好像一个活泼的小女孩，不知不觉中，悄悄地成熟了。

小　路

丁佳乐

奶奶告诉我，门前曾有一条弯弯的小路，那是一条狭窄的小路，泥巴与石头铺成，"晴天一身灰，雨天一身泥。"奶奶说，雨一下，小路湿滑不堪，她就曾在这条小路上摔过好几跤。回想当年的情景，奶奶依然忍不住笑。

但是谁都不嫌弃小路，因为它联系着村庄的家家户户，是一条沟通的纽带。天气好，乡亲们有的就到小路上走走，看看稻田，聊聊家常。小孩子也喜欢到小路上走走看看，叫上自己的伙伴，拉上最亲近的朋友，玩游戏，捉昆虫，摘野花，也是一种不错的享受。

那一年，小路铺上了水泥，昔日坑坑洼洼的小路变得很平坦，路面变得干干净净。那些摔过跤的人，再不必小心翼翼地走了，都放开大步朝前跨。

小路铺上了水泥，宽敞多了，但是大家总感觉缺少些什么。左思右想，看看人家电视上的发达地方，大家恍然大悟：小路太单调了。

于是就决定在水泥路两旁种上一些花草。一户一户自发凑足钱，买来花花草草种上。

一个月后，小路焕然一新。那是一条很美很美的小路。青草丛中开满花儿，随风摇曳。沿着小路向前走，像走进了一首优美的小诗。

大伙都说这钱啊，花得值了。

我出生后，奶奶常常抱着我在这条小路上走，指着花儿教我认，追着蝴蝶逗我笑。慢慢地我自己能走了，我和小伙伴们去小路上尽情玩耍。

奶奶老了，她看着小路变化。

我长大了，我跟着小路向前奔跑。

第四部分　爱看的眼睛

给蚂蚁量身高

张祥玮

　　每个人的童年，都会有梦一般甜蜜的故事。而在我成长的记忆中，不可忘记的就是昆虫，没有它，童年的拼图就会少一块。

　　记得一个暑假，我在爷爷家后院观察地上忙碌的蚂蚁时，脑子里忽然闪过一个念头，于是我取出尺子，决定亲自为蚂蚁量一量身长。当我随手抓起一只蚂蚁时，小蚂蚁却不情愿地极力挣扎。我对它温柔地说："配合一下，让我量量你的身长！"可小蚂蚁居然狠狠地咬了我一口，虽然被咬疼了，但我才不怕呢！重新把蚂蚁压在尺子下面。终于成功了，我第一时间告诉小蚂蚁："你的身长是0.9厘米！"黑蚂蚁并不领情，抖抖身子生气地跑开了。

　　我又继续在地上寻找下一个蚂蚁居民。可再次找到的这只蚂蚁却是个犟脾气——宁死不屈。气得我满脸通红，无奈，我只好找了个干虫来诱惑它。看到干虫，小蚂蚁终于安静了，它绕着干虫转了一圈，然后拖着这天上掉下来的"馅饼"，喜滋滋地准备搬运回家。没想到我早就埋伏在旁边，一下就把它按在尺下……

　　一整天我都对着蚂蚁自言自语，总共为10只红蚂蚁、10只黑蚂蚁量了身长。最后我得出结论：红蚂蚁个头比较大，它们身长在1厘米—1.3厘米之间；黑蚂蚁个头稍小一些，身长在0.5厘米—0.9厘米之间。

　　如今再次记起童年的这个小故事，只觉得自己那时很傻，竟然在后院和蚂蚁"合作"了一天，但又是那么绚丽，成为我成长中不可缺的回忆。

吸星星

彭心慧

在我的童年里，有许多趣事。其中，最有趣的要数吸星星了。

那时候的我很小，个子也很矮。在那个寒冷的冬天夜晚，我上身穿一件小绒棉袄，下身着一条绣花小棉裤，坐在阳台上边发呆边数星星。静谧的夜晚，朦胧的夜空中布满了调皮地眨着眼睛的小星星，看着它们，我不禁在脑海里编起了故事，想象着小小的我坐在月亮船上摘星星，一个，两个，三个……

忽然，一阵寒风把我从想象中拉了回来，我打了个寒战。已经8点了，要睡觉了。我站了起来，伸了个懒腰，无意间，突然看见阳台上的吸尘器，又抬头望了望夜空中的星星，眼前一亮，对了，妈妈不是经常拿吸尘器吸东西吗？我就拿它吸天上的星星吧！想象着我从吸尘器里拿出星星，还得意地大笑了起来，我不由得为我这个"出色"的想法笑出声来。

我很费力地慢慢地把吸尘器拖了过来，一调按钮，"呜"的一声，吸尘器开始"工作"了，我捧着吸尘器，嘴里还不时喃喃地说："小星星呀，小星星，你快下来和我做伴吧！我会待你很好的！"妈妈听见了，走了过来，温和地问："你在干什么？"我骄傲地挺了挺胸说："我在吸星星！"妈妈明白后，轻轻点了一下我的小鼻子："小傻瓜，星星它在天上，吸不下来呀！"我不解地问了一句："为什么？"妈妈笑着说："孩子，星星自古就在天上，那么远，怎么能吸得到呢？我们就让它们看着我们快乐地生活，好吗？"虽然当时的我并不真正明白为什么会吸不到，但还是乖乖地点了点头。

在那个闪烁着星光的夜空下，我和妈妈数星星，一个，两个，三个……

小 院

沈 阳

　　我家住的是平房，平房的前面有一个小院，一个只有六七个平方的小院。就是这个小得不能再小、平凡得不能再平凡的小院，却是我的独爱，因为它是我的乐园。

　　春姑娘迈着轻快的脚步来了，那些绿草调皮地探出头来，被春风轻抚着，好像摇头晃脑地在说："春姑娘来了，给我们送五彩衣来了！"桃花姐姐不甘寂寞，一片片粉红色的花瓣紧紧凑在一起，好像在为自己的美貌喝彩呢！再看看院中那棵老石榴树，一朵朵喇叭似的小花，如一个个小红灯笼高悬枝头……真美啊！春天的小院是五彩缤纷的。

　　最喜爱夏夜了，爸爸摇着蒲葵扇呷着浓茶，我则坐在小竹凳上半躺在他的怀中，听他讲动听的故事。皎洁的月光将小院照得通亮，躺在爸爸怀中就像躺在微波中的小舟里一样。我数着满天的星星，小院宁静、安谧、温暖……此时蝉儿拉着风琴，青蛙鼓着节奏，蟋蟀唱着摇篮曲，也不知何时，我渐渐地进入了梦乡……

　　当丰收的季节来临时，果树上的果实也在向我微笑了，仿佛在说："小主人，快点把我们摘下来吧，希望你吃了我们后能够茁壮成长，为国家做贡献……"看着满树的果实我不由得赞叹一声——秋天的小院真迷人！

　　时间不等人，冬天又来临了。当雪花降落人间时，小院里已是白茫茫一片，所有的花、草、树都穿上了冬爷爷送来的白色棉衣。我总喜欢和爸爸妈妈在小院中堆雪人，让小院伴着我的童年快乐成长……冬天的小院是充满欢笑的！

　　每个人的心灵深处都会有一个最留恋的角落，而我最留恋的那个小角落就是——我家的小院，那个小且平凡的小院！

春天，校园里真好

王晓阳

春天来了，校园里非常美丽。

今天，我跟爸爸到室外观察。我们看到了荠菜、苦菜、猪耳朵草、芭芭芽等很多小草，还看到了竹笋。

荠菜大多已经结出了种子，有的荚已经裂开，种子落到了地上。爸爸说，那些种子落到土里，条件合适的时候，它们就发芽长成一棵棵小荠菜，再结出种子繁衍后代。

苦菜开出了朵朵美丽的小花，白的，黄的都有。我们数了数，苦菜的花瓣大约有二十片，漂亮极了。荠菜和苦菜都是很好的野菜，爸爸说他小时候粮食少，吃过很多野菜。

喇叭花的藤蔓到处攀爬，有的匍匐在地上，有的已经爬到周围的小树上，藤蔓上开着许多白的、紫的、粉红的喇叭形的花。花朵里还有五角星图案呢！

141

猪耳朵草叶子很大，长有许多柱状的花絮，一律都直立向上，显得很有精神。

竹子枝叶繁茂，竹根旁长出了尖尖的嫩嫩的竹笋。

爸爸告诉我，郑板桥是画竹子的能手，他的画很出名，他有句名言："淌自己的汗，吃自己的饭，靠天靠地靠祖宗，不算是好汉。"

芭芭芽草有宽厚的叶片，周边长有密密的小刺。芭芭芽是一种草药，有止血的功效，手划破的时候，可以用它来止血。爸爸还告诉我他小时候唱的一首儿歌："芭芭芽，大闺女，你要薅它就扎你。"真好玩！

更让我们惊奇的是，在一片沙子堆里，无数的草芽正努力地钻出来，它们与身边沙子和石块抗争，它们要生存，显示出小草顽强的生命力。爸爸告诉我，一棵小草都知道顽强地生存，我们更应该不怕困难，勇往直前才是呀！

第四部分 爱看的眼睛

寻找春天

邓昕蓓

　　轻轻地，春天的脚步近了，我带着期待的心情，到大自然中去寻找春天。

　　我来到公园。冬日里光秃秃的树枝，现在已长出了嫩绿的叶子。不知名的花儿，红的、黄的、紫的，朵朵竞相开放，美丽极了！瞧，它们正热烈地讨论着什么："我今天穿了一条喇叭裙，要给春姑娘表演呢！""啊哈，我这件红衣裳才漂亮呢，春姑娘肯定会更喜欢我的！"……再往前走，一条"哗哗"流淌的小河清澈见底，春天的赞歌仿佛在心底酿造；小河边有一排杨柳，它们在微风中翩翩起舞，小鸟唱着歌儿，好像在为它们伴奏呢！

　　我来到广场上。小朋友们脱去了厚厚的棉袄，在这春暖花开的日子里放着风筝。和煦的阳光照耀在他们身上，他们个个都笑逐颜开、你追我赶，这样的气氛把一边的小狗也吸引住了，它不停地叫着："汪汪汪！我也要加入到你们的行列！"看到这儿，我不由自主地想起了两句诗：儿童散学归来早，忙趁东风放纸鸢——说的不就是这样的情景吗？

　　啊，春天只在公园里、广场上吗？我信步走进了田野中，我要在这里继续寻找春姑娘的踪影。

　　在一望无边的田野里，农民伯伯早已把庄稼收割完毕。牛儿在田野上散着步，嘴里还不时地咀嚼着什么。它们劳累了一整年，终于能好好地休息休息了。天空中忽然下起了毛毛雨，淅淅沥沥，淅淅沥沥，春雨给田野补充着营养。农民伯伯兴奋地奔走相告：一年之计在于春，播种的时间到来了！在这春天的季节里，肥沃的田野上即将播下希望的种子。

　　看到这些，我的心中充满了喜悦之情。我终于找到了春天，春天就在我们的眼睛里——只要我们善于去发现！

猫爪的秘密

陈宇恒

那天，阳光明媚，我和爸爸妈妈去奶奶家玩。

中午，我们吃饭时，我最喜欢的猫"黄虎"也在桌子上走来走去，缠在我的腿边不肯离去，有时还"喵喵"地叫上两声，好像在说："小主人，我饿了，快给我吃点儿东西。"我见它那馋样，就故意丢下几根带有鱼肉的骨头，"黄虎"就立刻扑了上去，狼吞虎咽起来。

不一会儿，"黄虎"可能觉得就几个鱼骨头还不解饿，就跳到妈妈坐的长凳上。这时，妈妈夹着一块肥嫩嫩的红烧鱼肉要往嘴里塞，"黄虎"见状，竟用前爪搭在妈妈的手臂上，要抢那块肉，妈妈一吓，说了声"死猫咪"。顺手一推，猫从凳子上滑落下来，但妈妈的手臂上被猫的前爪划了一道深深的血痕，殷红的鲜血沁了出来。下午，妈妈就去医院打了一针。

这件事之后，我就有点疑惑：平日，我和"黄虎"最亲密了，我一直和它玩，有时还把它的爪子放在我手上，甚至还让它爬到我身上，可都没有伤害到我啊！而且，我还摸过它的脚，它的脚是那样的柔软，好像没有骨头一样，也没有发现它有多厉害的爪子啊，怎么会抓人呢？

我决定揭开这个谜底。

我在电脑上查有关猫爪子的相关资料。这才知道，原来，表面看上去，猫的爪子是很短，甚至不能发现它，其实，猫的爪子是很长的，因为猫每只脚上都有一块厚厚的肉垫子，它的爪子就藏在肉垫子里，爪子成了它的"秘密武器"，当它遇到敌人或者猎物时，它就会亮出自己锋利的爪子。妈妈用手推它，猫误以为会伤害它，就把妈妈视作它的敌人，当然也就有误会了。

六 月 夏

肖新宇

俗话说："天有不测风云"。我觉得，用这句话来形容丰镇夏天的天气，真是最合适不过了。

星期天，太阳火辣辣地烘烤着大地，整天没一丝凉风，种在院子里的庄稼、花草、树木全都弯着腰，没有一点精神。就连往日成群结队的蚂蚁都很难找到，原来它们也怕这"热魔"。

就这样熬了一天，到了傍晚，老天终于吹了几丝凉风。庄稼和花草树木一下子又打起了精神，直起了腰。不一会儿，风大起来了，吹得纸屑满天飞舞。我高兴地出去享受这珍贵的凉风，看天空又变了一副脸，刚才还是好好的，现在却变成浓浓的乌云，渐渐地遮住了大半个天，把炽热的太阳挡在了背后。

雨也不慌不忙来了，一开始是小雨点，后来越下越大，给大地换上了泳装，同时也让人们把热甩走了。不久，雨停了，天边出现了美丽的彩虹，让人看了更觉美丽动人。我又赶紧跑出去看那些雨后春笋，只见朵朵的鲜花闪着亮光在摇晃着脑袋，好像在说："亲爱的雨啊！你真好"。这时天上又响起雷鸣，好像也在为雨欢呼、雀跃着。

丰镇的天气就是这样——变幻莫测。

校园里的小哨兵

刘琳利

时间的脚步匆匆，一眨眼，夏天来了。

经过了一个漫长而寒冷的冬季，我们的朋友——白杨树，身着新绿的军装，如同一位紧握钢枪，保卫祖国边防的解放军战士，傲然挺立在操场的一角。

可是，最近不知道怎么，这位朋友的身上有多处的伤痕。我心疼地抚摩着他，决定做一番侦察，看看到底是谁在伤害他？于是，我每天提前一个小时到校，远远地守望着我的朋友。经过连续几天的蹲点守候，终于，我发现了两个小朋友拿着小刀，在我们的朋友身上刻画着，还在进行比赛呢。我再也看不下去了，急忙奔过去，对他们说："小朋友，树是我们的朋友，他给我们遮风挡雨，他也是有生命的，你们伤害他，他也会疼的。我们应该保护他，知道吗？"一个小朋友羞愧地低下了头，"对不起，大姐姐，我以后再也不伤害树了。"另一个小朋友也不好意思地低垂着头，收起了小刀。这时，一阵风吹过，树叶儿发出"沙沙"的声响，仿佛和我一样开心地笑了！

日子一天天过去了，树越长越壮，越长越高了。他像哨兵一样坚守在自己的岗位上，守护着我们的家园，守护着我们健康成长！

145

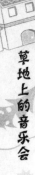

我爱夏天

刘鸣鹏

夏天是炎热的。太阳火辣辣的挂在空中，像是下了火一样。小朋友拿着凉丝丝的冰激凌痛快地吃了起来，狗伸着舌头也想获得一丝凉爽，人们躲进有空调的房子里，老爷爷拿着蒲扇给一些活泼可爱的小孩子讲着过去的故事。

夏天是有趣的。海边的小朋友们在沙滩上堆出城堡，还捡来各种各样的贝壳，大人们打着沙滩排球，还有的在海中冲浪。青蛙在夜晚呱呱地叫着，好像在开赛歌会，萤火虫提着一盏小小的灯笼在草丛中游行。

夏天是多彩的。红色的串红，紫色的牵牛，还有绿油油的草地，绘成七彩的画卷。这些美丽的花招来几只辛勤的蜜蜂在花丛中翩翩起舞，我想它们一定也是对这惬意的生活有着无限的憧憬。

夏天是时尚的。男孩子穿着充满活力的T恤，女孩子穿着美丽的短裙，头上还戴着时尚的头卡，像是一只蝴蝶在飞舞。大街上一顶顶太阳伞，在阳光的照耀下让你感受到青春的气息。

夏天啊夏天，我爱你！

草地上的音乐会

我家的君子兰

陆书珩

那天一早，我和妈妈就被爸爸的叫唤声惊醒了："老钱，快来看呀，君子兰开花了！"

我和妈妈揉着惺忪的眼睛来到客厅，发现其中的一盆君子兰真的已经冒出了十一个花苞，煞是可爱。看着君子兰捧出的第一茬花骨朵，我再看看边上那一盆，稀疏的几片叶子中间夹杂着黄叶，毫无动静。突然发现了一个问题："爸爸，我们家不是有两盆君子兰吗？为什么在窗台上的那盆没有开花，而躲在空调下面的倒开花了？"

这个问题可把爸爸"难倒"了，他十分谦虚地说："这个我还真不知道，我只知道君子兰要八到十年才开花哩。可能这两盆花不一样大，另一盆还没有到开花的年龄吧。如果你想了解真正的原因，就自己去找答案，然后告诉我，好吗？"

我又找来博学的妈妈，可是这个问题妈妈也解决不了。一时间还真让我百思不得其解！

为了揭开这个奥秘，我利用课余时间上网查找了相关的资料，知道了真正的答案：君子兰原产于非洲南部，生长在大树下面，所以它既不怕炎热又不耐寒，喜欢半阴而湿润的环境，畏惧强烈的直射阳光……原来把君子兰放在窗台上不是最好的选择，难怪它的叶子经常会枯黄脱落。而空调下面既能感受阳光又不被阳光直射，才是它最喜欢的生活环境！

了解了这么多关于君子兰的知识，我想：做什么事情都离不开科学！看似简单的养花草，也有无穷的奥妙在其中！即使是一个花匠，也要有渊博的知识才能胜任呀！

晚上，我告诉爸爸很多知识：君子兰除了不喜欢阳光直射，还喜欢疏松肥沃的微酸性土壤，每年还要给它换土……君子兰还不能放在房间内养……

爸爸终于"明白"了，我也终于都弄明白了！

147

第四部分 爱看的眼睛

蝴蝶情思

周　圆

今天下午，阳光灿烂，我们唱着歌儿，迎着春风，兴致勃勃地来到鲤城镇看蝴蝶展。

来到展览大厅，只见四周墙壁上挂满了形形色色、栩栩如生的蝴蝶标本，真像蝴蝶的天堂！走近细看，哇！蝴蝶的种类可真多啊！三千多只标本，十四个科，七百多种，有世界罕见的珍稀品种，有美丽无比的国蝶……真是美不胜收，惹人喜爱！其中，我最喜欢色泽艳丽的紫玫瑰凤蝶了，它四翅基部为橄榄绿，中部有三块排列紧密的玫瑰红，合起来就像一朵盛开的玫瑰。

看着看着，我不禁思绪万千：在这个世界上，如果没有色彩斑斓的蝴蝶——"会飞的花朵"，森林就失去了美丽；如果没有可爱动人的蝴蝶——"大自然的舞姬"，大自然就没有了生机；如果没有美丽无比的蝴蝶，人类也许就没有伟大的成就——自动控温系统……想着想着，我不禁唱起了《梁山伯与祝英台》的主题曲《蝴蝶》，"……梦里蝴蝶飘然而起，飘起……"，同时，眼前浮现出主题曲末的画面——许多蝴蝶安然地飞过花丛，满天飞舞——"蝶雪"那神奇的自然景象真叫人神清气爽。啊！原来蝴蝶还是和平、安详的象征呢！这正是梁山伯与祝英台哀婉的渴盼呀！遗憾的是，人们在欣赏蝴蝶的同时却忽略了保护它们，怜惜它们。而今，越稀有的蝴蝶就越受人们垂涎，大肆捕捉。就说枯叶吧！四川只剩下十只左右；三色青凤蝶也一样面临灭绝，只好在印度热带雨林中逃难求生……"人们，请放下捕蝶网，爱护我们，让我们自由飞翔吧！"我想，这是蝴蝶们的共同心声！

走出展览馆，我突然想起以前做的一个梦：我变成了珍稀蝴蝶，不小心撞上了一张网，后来，被做成了标本的凄惨情景……

草地上的音乐会

王子予

每年的夏天，妈妈都会带我去农村的姥姥家，农村的傍晚，凉凉爽爽，不像市里那样闷热，而每逢傍晚，当你坐在院子里都会有幸聆听到一场美妙而独特的音乐会。

热闹一天的乡村，笼罩在一片暮色之中，静静的夜晚，悄悄地来临了，如果你仔细听，耳边就会传来嘘嘘的叫声，那就是音乐会的序曲，每次急性子的蝴蝴小姐，还没等音乐会开始，就率先嘘嘘地叫上了，其他的虫儿们一看，也都争先恐后拿出自己的看家本领，着急地演奏自己最拿手的乐曲。萤火虫妹妹跳着自己独特的灯笼舞；纺织娘娘丝地唱着；知了大哥则大大方方地站在树梢上，知了知了地叫着，就像是个小指挥家。可远处传来的高分贝的青蛙男高音呱呱声，却让它无法指挥下去。青蛙一定在想：我可是著名的男高音歌唱家呀！这种场合怎么能少了我青蛙王子呢？不信，就让你们见识见识我的魔鬼嗓音吧！其实虫儿们就怕青蛙知道才偷偷地举行的，不过让它这么一搅和，一会儿低吟，一会儿高歌，此起彼伏，音乐会更加热闹了，就连树儿也跟着凑起了热闹，随着风儿演奏起自己独特的沙沙舞曲。这时虫儿们叫得更欢了，好像在说："欢迎大家来参加我们的音乐会！"

夜渐渐地深了，家家户户的灯也熄了。虫儿们好像知道人们要休息了，瞬时把那欢快的演奏改为轻柔的音乐，仿佛是一首首优美的催眠曲，伴着劳累了一天的人们进入梦乡。

虫儿们也累了，只有青蛙男高音还在不知疲倦地高歌，它看大家都累了，也生气地跳进了池塘剧院里。

我爱桂花

张恺文

我们学校种了很多花草树木，我最爱桂花。

桂花属木樨科，在我国具有悠久的种植历史，深受人们的喜爱，杭州市还把桂花定为"市花"。

桂花树的枝干总是弯弯曲曲的，没有榕树那么高大，也没有松树那样挺拔。

桂花树的叶子大多是深绿色的，边缘有锋利的锯齿，要是你的手指不小心碰上了，准会扎得你生疼。不过，等叶子变老了，边缘的锯齿就变得圆了，不扎手了。

俗话说，八月桂花香。一到八月，桂花就纷纷开了。一簇一簇的桂花长在叶柄根部，乳白色的花瓣只有米粒般大小，每朵桂花都有四片花瓣，就像小小的十字架。如果你不注意看的话，是很难发现桂花的。唉，这躲在绿叶底下的桂花可真不起眼！

不过，你可别看桂花小，不起眼，其实它香着呢！不信，你凑上去深深地吸一口气，那沁人心脾的芳香，保你永远也忘不了。可以说，如果没有这醉人的芳香，桂花将默默无闻。

人们常常把桂花种在花盆里，放在阳台上，装扮自己的生活。有的人还把桂花采下来晒干，每到傍晚，坐在阳台上，泡一杯茶，丢进几片桂花，别有一番滋味呢。据说，还有人用桂花做桂花糕，酿桂花酒，都是人间美味。要是有人为我摆上桂花糕、斟上桂花酒，我一定要大饱口福。哦，差点忘了，小学生不能喝酒，桂花酒，我就只闻一闻吧。

啊，我爱美丽的桂花！

可爱的"花花"

李蕙妍

　　我家养了一只小猫，它的全身是白底黑斑，远远看上去，像一团雪白的棉花团点上了几滴墨汁，所以取名叫"花花"。

　　它可漂亮了，你瞧：两只三角形的耳朵竖立在圆溜溜的脑袋上，那双眼睛一到晚上特别地有神，像两颗亮晶晶的蓝宝石一样。它嘴边长长的胡须向两边翘着，比老爷爷留的八字须还好看，那条灵活的长尾巴总是不停地摆来摆去。它亮亮的皮毛像刚刚擦过油似的，头上、背上、尾巴上的毛有一条条的花纹，像老虎一样威风、帅气，走起路来，真有个将军的派头哩！

　　"花花"很馋，它最喜欢吃鱼了。有一次，我拿小鱼逗它玩，它一见小鱼，就急了，"喵喵"地叫着围着我转圈，馋得口水快要流出来了。我把鱼举得高高的，它为了吃鱼，竟然用两条后腿支撑着地，站了起来。唉，看着这可怜的样子，我只好把鱼扔给它。

　　最有趣的是"花花"的好奇心特别强，也很勇敢。有一次，我和弟弟玩篮球，篮球朝它滚过来，它大概以为是个什么"庞然大物"，忽地一跳，躲得远远的。篮球停住了，它趴下死死地盯着，好一会儿，见篮球没有动静，就悄悄地向前挪步，"喵呜——"叫了一声。篮球还是一动不动。它又试着叫了几声，它再也耐不住，于是壮着胆子靠近篮球，围着转了好几圈，又伸出前爪小心翼翼地碰了碰。当它明白篮球没有什么危险时，便毫无顾忌地玩起来。一会儿用鼻子闻闻，一会儿滚着"胜利品"，在院子里跑来跑去。像母鸡下了蛋那样高兴地叫唤。看到它这调皮样子，我们差点笑破肚皮呢！

　　我家的"花花"，真是漂亮、淘气又可爱。它的一举一动，都给我带来了许多的乐趣，我爱我的"花花"。

日 全 食

肖思睿

今天上午，像白日做梦似的，我看到了神奇的日全食。

清晨我早早地起了床，去阳台一看，太阳高高地挂在天上，跟平时没什么区别呀！心想这有什么好看的，就跑去吃早点看电视了。

在妈妈的催促声中，我才慢吞吞地吃完。

快九点钟了，我和妈妈、大姨一起来到楼下的广场。广场上的人真多啊！大家都仰着头望天，很多人戴着跟我们一样的黑色眼镜，因为阳光太刺眼了，妈妈说直接看太阳会伤眼睛，一定要戴上特殊的眼镜。

我赶紧戴上眼镜一看，真的！太阳已经像一个弯弯的月亮了，但颜色是红红的。

再过了一会儿，太阳被完全遮住了，天一下黑了下来，大家都欢呼起来。广场上的路灯亮了，我望着布满乌云的天空，像待在神秘的童话世界里一样。

在黑暗里站了几分钟后，太阳又开始透出了一点儿光，再慢慢变大，立刻阳光又照亮了整个天空和地面。我都惊讶得说不出话了，这到底是为什么啊？

妈妈说太阳、月亮和地球在一条线上，月亮把太阳遮住了，就成了日全食。

大姨说幸亏暑假回国了，要是待在法国就看不成了，这可是几百年一次的日全食。

这简直是一个宇宙的神话！

宇宙里还有多少我不知道的神话呢？

难忘的鸬鹚

史国澳

　　暑假里，爸爸带我去江南旅游。江南水乡的美丽风光，处处让我目不暇接，最最让我难以忘记的是目睹鸬鹚捕鱼的那番场景。

　　一天早晨，我和爸爸行至渔乡，河湾里传来渔民的歌声。我和爸爸驻足等待，不一会儿，一架竹排划过来，竹排的两侧站立着两排十多只黑色的大鸟。

　　爸爸跟我说："那是鸬鹚，专门捕鱼的水禽。"

　　以前，我只是从课文中见过鸬鹚，真是想不到这次水乡之行能遇见真实的鸬鹚。我高兴地叫了起来，和爸爸一起观看渔民指挥鸬鹚捉鱼。

　　渔民将竹排停在河心，一声口哨，那些鸬鹚就得了出发的命令，像是炮弹一样，从竹排弹射向四面八方。

　　有只鸬鹚不断地用翅膀扑打水面，然后一个猛子扎向水底，水面上只剩下一个大大的旋涡，好大一会儿，这只鸬鹚才冒出水面。只见它的嘴里已经叼住了一只大鱼。大鱼想逃命，不断地扭动身体挣扎。鸬鹚想立功，便收紧了嘴巴不放大鱼，不断地扑打水面，向主人汇报情况。只见渔民用竹竿撑起竹排，箭一般划向捉住鱼的那只鸬鹚，快速将鸬鹚口中的大鱼装进篓里。渔民接着从另一只篓里捉起一只小鱼，当作奖品扔给鸬鹚，鸬鹚一口吞下奖品，又欢快地去寻找新的猎物了。

　　这时，四面的鸬鹚都有了猎物，不断"瑟瑟"地叫着，向主人报告自己的收获。渔民驾着竹排，忙着东游西串，南来北去，不断地收获一条条大鱼，水面上已经忙作一团了。不出半个小时，竹篓里已经装下了一大篓鱼儿。

　　只听渔民又一个忽哨，那些鸬鹚便得到了"收兵"的命令，从四方同

第四部分　爱看的眼睛

时"反射"回竹排上，各就各位，重新排立在竹排的两侧。渔民一边唱着歌儿，一边用小鱼再次奖励这些捉鱼的能手。水面上又恢复了平静。

　　我和爸爸在河岸上看得大喊"过瘾"。大自然真是造化神奇，居然能造就这么一群可爱的鸬鹚为人类所用。

第五部分

校园耳朵派

举手发言就像一个爱捉弄人的精灵。你想让老师叫你回答问题时，老师却偏让别人发言；当问题太难你回答不了时，为了撑面子你刚举举手，老师又让你发言，结果就会落个尴尬不堪。

——魏笑《举起手来》

抢救蜗牛成功记

陈 想

三年级又增加了一门新课程——科技课，老师让我们捉几只蜗牛来观察它们的生活习性。放学的路上，我兴致勃勃地抓了几只蜗牛，准备拿回家仔细地观察它们的生活习性，并好好地让它们"饱餐"一顿。结果爸爸极力反对我养蜗牛，还怒不可遏地威胁我把蜗牛交出来。我惊慌失措地把蜗牛塞进文具盒，还把盖子盖得牢牢的，生怕它们不老实影响到爸爸的心情。

爸爸没有看到蜗牛，就放心地去看电视了。我也把请回来的"小客人"忘到九霄云外了。直到第二天早上，我兴高采烈地来到学校，像往常一样，打开笔盒，"呀！"我大叫一声，只见两只蜗牛一动不动地躺在笔盒里，好像死了一样。我的惊叫声吸引了同学们的注意，陈文龙三步并作两步来到我身旁，不慌不忙地说："赶快拨打120，要不然可要断气了！"叶嘉康急忙说："不对，不对，应该送到宠物医院去。"李升扬大声说："赶紧做手术呀！"刘路岩疑惑不解地说："你们这些笨蛋，送到医院就晚了，赶紧放到水里。"

同学们议论纷纷，正在我不知所措的时候，李睿已经把她的双层铅笔盒贡献出来，装了一些水，让我赶紧把蜗牛放进去。我半信半疑地将蜗牛放进水里，同学们目不转睛地盯着铅笔盒里的蜗牛，几分钟过去了，它们还是一动也不动。就在大家不抱希望的时候，它们俩竟然慢慢地爬起来了。

"哇！蜗牛终于被我们抢救成功啦！"全班沸腾起来了，大家异常兴奋。

吹出来的精彩

胡文琳

吹画，大家肯定不知道，而我们今天也开展了一次"吹画"。

开始发纸了，同学们一个个兴奋得叫起来，有的同学恨不得一下子就拿到纸。全班的同学都很高兴，老师还提醒我们在光滑的一面吹，我们这才恍然大悟。我在纸上滴了一滴墨水，那墨水非常的晶莹，圆圆的，就像一颗晶莹剔透的蓝宝石。我先深吸一口气，用力一吹，晶莹的蓝宝石被我拉长了。我再鼓起腮帮子一吹，墨水被我吹出纸外了。我非常惊讶，不知道该如何是好。我不顾那么多，只想着下一次力气小一些。再吹果然好了许多，吹了三次，我感觉我的脑袋又晕又痛，非常难受。

我吹完了，仔细端详一番，觉得这细细长长的可能是树枝吧，而粗粗的好像是树干。咦，这不就是一棵栩栩如生的蜡梅树吗？我想：我就给它取一个名字叫梅花图吧！

瞧，别人吹得也不差呀！这螳螂舞大刀可真是惟妙惟肖；而风中摇动的花，更让我沉浸在其中；最好的要数枯藤老树了！真是生动逼真呀！还有许多好吹画呢！有梅花争艳，有千手观音，有神兔走迷宫……看了这么多的作品，我的心里比吃了蜜还甜呢！

画不是一定得用笔画出来的，吹出来的画比用手画的更好玩，更精彩。吹出来的画，曲折生动，惟妙惟肖，多姿多彩，而且更加形象。所以，我认为吹出来的画才是最精彩的。

难忘的地震演习

唐沛琪

　　"快跑啊！快跑啊！"从我们的窗户里传来了一阵阵尖叫声，同学们你推我攘、争先恐后地冲了出来。这是在干什么呢？原来是我们班在搞地震演习。

　　星期四一上课，李老师就问同学们："地震来了，我们应该怎么办？"大家七嘴八舌地议论起来。朱子航说："应该躲在桌子底下。"张彦说："应该躲在门后面。"同学们听了哈哈大笑。这时，王志滕站起来说："应该躲在操场上。"李老师说："对的。我们来演习一次，好不好？"同学们兴奋地说："好。"

　　第一次演习开始了。同学们风驰电掣般地冲出了教室，耳边不时传来尖叫声，仿佛地震真的来了一样。等我们把队排好了，李老师告诉我们用了二十三秒，又问我们："你们想不想再来一次？"我们大声地回答："想。"第二次演习开始了，同学们有了第一次的经验，不再杂乱无章、不顾他人地拼命往外冲，而是相互招呼、帮扶着。结果我们这次用时十五秒。

　　我们又进行了第三次演习，这次李老师说："排队的时候要快、静、齐。"在这次演习中我们只用了十秒钟就把队排好了。而且大家都已是镇定自若，没有了先前惊慌失措的样子了。

　　最后李老师意味深长地告诉我们："不管做什么事，只要为别人着想，自己也能从中受益。因为帮助别人，就是帮助自己。"我们都若有所悟地点了点头。

　　多么令人难忘的逃生演习啊！

举起手来

魏 尧

上课时，举手发言就像一个爱捉弄人的精灵。你想让老师叫你回答问题时，老师却偏让别人发言；当问题太难你回答不了时，为了撑撑面子你刚举举手，老师又让你发言，结果就会落个尴尬不堪。

到底举不举手，随时都让你处于一个两难的境地。

有一次，可怜的我就被这个精灵狠狠地捉弄了一番。在美术课上，我的耳朵像"二战收报员"的收音机竭力捕捉着老师传出的信息。

可稍一不留神，老师就突然提了个问题："谁能告诉我三原色是什么？"回答这么简单的问题，对我来说当然不在话下，就连忙举起了手。可是，环顾四周好似夜一样安静，整个教室就只有我一人举起手。

全班同学的眼光全向我射来，正当我想把手缩回去时，为时已晚，老师的目光已经锁定在我身上，来不及了。

"魏尧，你来回答。"老师开口了。

这下我惨了，我还没准备好啊！向四周瞟去，大家都用羡慕的眼光看着我，我感到很奇怪，这有啥好羡慕的？于是就脱口而出："就是红黄蓝三色呗。"老师和同学的表情一下由赞许和羡慕变成了奇怪和意外。"咦？我问的是原始瓷的釉色是哪三色呀？"

啊，我听错了！我的脸色立刻一会儿红一会儿白，汗水都流成了瀑布，唯一的信心也由热水冻成了冰块。教室里先是一片寂静，随后哄堂大笑。啊！乌云开始密布，夜色不肯安静，风吹过的声音就像一口没有水的枯井，一切都好像在哀鸣……

唉！举手，可以让人一升百尺扬名班上，又可以让人一落千丈贻笑大方，我真不知道该举手还是不该举手！

第五部分 校园耳朵派

"怪"老师

麻思萌

　　"他可真是个'怪'老师。"这就是我们的班主任王老师给我留下的第一印象。

　　四十岁的王老师长了一副"怪"模样：方方的脸膛，头发整齐地梳着，里面隐约露出丝丝白发；宽宽的额头上刻着一道深深的皱纹；两道又短又黑的眉毛自然地向上翘着，眉梢有一两根眉毛显得很长；一双乌黑发亮的眼睛虽然不算太大，但却显现了他的精明。

　　平时，王老师的目光总是那么和蔼可亲，可是他若真的发起火来，两道眉毛便会立刻"竖"起来，眼睛瞪得又大又圆，一直看着你，让你"望而生畏"。那无声的批评，可真是"此时无声胜有声"啊！

　　王老师的教学方式很"怪"。其他老师都说作文是写出来的，必须努力下功夫写才行。可王老师却说：好作文是"改"出来的，必须反复地修改。许多老师曾经告诉我们，写作文时严禁抄袭，因为那样做是"文贼"。可是王老师却告诉我们要学会"偷"，还教我们方法，就是把别人用过的好词、好句、好段理解吸收，变成自己的话，恰当地运用到作文中去。

　　记得曾被一篇看图作文难住，在经过王老师的指导后，原本很难的作文一下子变得简单多了，我顺利地写出了五百多字的作文，并按"怪"老师说的认真修改，得到了老师和同学们的好评。

　　你看，我们的王老师就这么"怪"，但我却认为他"怪"得可亲，"怪"得可敬！

我为桌子"疗伤"

高　天

放学了，可妈妈还在她任教的班级里埋头批改作业。我当然也会留下陪同喽。

多么熟悉的环境啊。我曾在这里和同学们一起学习、嬉戏，度过了两个学期。今天，我又坐回了老位置。我那桌面上依旧写着龙飞凤舞的两个字。望着它，我想起了那个周末，我在桌子上留下了自己的"艺术签名"，引得大家一阵"惊叹"。现在再看，当初自以为潇洒得意的这两个字，正如鞭绳一般抽打着我的心，让我感到羞愧难当。桌子中间还画着当年我与同桌爆发"边境战争"时确定的"三八线"。后来我们"睦邻友好"了，可这条线却一直留了下来！

曾经的朋友，对不起！长大的我懂得为这样的行为脸红，更知道应该如何去做了。我拿出橡皮，轻轻地擦拭着，生怕碰疼了它。可那些痕迹久久擦不去，仿佛不肯原谅我似的。怎么办？看到卫生角的那块抹布，还有水盆和洗衣粉，我心中有了主意，连忙采用了"去污湿擦法"，用蘸了洗衣粉水的抹布小心地擦拭，虽说那刻入漆层的印迹无法完全复原，但是毕竟"伤痕"消退了不少，我心里也舒坦了些。干脆给它们来个"集体疗伤"。擦了好一阵子，桌子们终于旧貌换新颜啦！明天，学弟学妹们发现课桌焕然一新，会是怎样的表情？

我直起身子，刚要抹去额角的汗珠，看见妈妈正盯着我呢，我顽皮地做了个怪脸说："替我保密！"

161

第五部分　校园耳朵派

其实，很多人都是大度的

史国涣

上课时，我的钢笔没有墨水了，我急得满头大汗。着急地在草稿纸上画来画去，仍旧一点墨水也不下。情急之下，我拿着钢笔狠狠地甩了几下。哎，又下墨水了，可以继续写练习了。

过了一会儿，我忽然发现前排刘名的裤子上被我刚才的动作溅上了很多墨水。我心里一紧：不好，闯祸了。我眼睛一直盯着刘名，就怕他发现了之后指责我，这可如何是好呢？

我正要承认错误，但又怕刘名大叫大闹，想要说出的话又咽了回去。干脆装作什么也不知道，反正他没看见是我弄的。

但是我总是良心难安，刘名裤子上的那些墨水点好像都在笑话我：你可真是一个不诚实的孩子。我下决心，还是告诉刘名吧。于是我鼓足了勇气对刘名说："对不起，你的裤子被我甩上墨水了。"说完我就等着刘名发疯。

不料，刘名看了一眼自己的裤子说："没事，回家洗洗就行了。"听了这句话，我提到嗓子眼的心一下子落了下来，我感激地看着刘名，并且心里想：其实，很多人都是大度的，承认错误也不需要心存顾虑。

画 鼻 子

吴 超

随着上课的铃声，老师快步走进教室，冲我们诡秘一笑，便在自己的小包里翻了起来。看到老师拿出两条红丝带，同学们一脸的疑惑。老师笑着说，今天这节课我们来玩画鼻子的游戏。我心里一愣，难道要把眼睛蒙上画鼻子吗？就在我愣神的当儿，两张少了鼻子的可爱脸蛋已不知何时挂上了黑板。

在一阵热闹、激动、窃窃私语后，终于有人打破了沉默：王钰第一个站了起来，张浩也接受了挑战。

被蒙上眼睛的两位勇士在原地转了若干圈，终于摇摇晃晃地走向黑板了。大家的欢呼声此起彼伏，似乎都要把教室炸开了。两位同学站在黑板前犹豫不决，我不由得为他们捏了一把汗。张浩不愧为男子汉，很果断地在黑板上画了一个鼻子。哎！不偏不倚正好在双眼正中的下方，赢得大家的一致鼓掌。王钰可就没有这么幸运了，她好不容易跌跌撞撞地走到黑板前，在大家杂乱的提示下，手拿粉笔，不知所措！一番思索后，王钰终于下定决心重重地画了个大鼻子，可是却画到嘴巴上了！同学们一阵狂笑，在大家的爆笑声中摘下眼罩的王钰，也被自己画的鼻子惹笑了。

最有趣的是王有为了，他在下面做观众时，违反了游戏规则，老师罚他上去画鼻子。刚才他还是幸灾乐祸、得意扬扬，现在变成了哭丧着脸、垂头丧气的苦相，他很不情愿地上去后，居然把鼻子画到了眼睛上，又让大家大笑不止。最有成就感的应该是许芳了，因为她打破了我们一、二两组零的记录，是真的勇士哦！

我不再是"淑女"

黄雨露

提到"淑女"这个词，你一定会觉得是很好的赞美女孩子的词语，可是在我们班，意义可就不一样喽！

也许我天生没有体育细胞，所以每次上体育课都是我的难日：跑步虽然我已经拼死拼活，可仍然是最后一名；跳远，虽然我已竭尽全力了，可获得的依然是同学们的一片喝倒彩；跳高那更不用说了，跑到杆子前，我就停住不动了，因为我根本就不知道怎样才能把脚抬起……体育老师送我个"老黄牛"的雅号，同学们也不甘示弱，称我为"淑女"。我当然明白此"淑女"非彼"淑女"，我很讨厌同学们这样叫我。于是，痛下决心，从今天起好好锻炼，争取早日把这个外号给去掉。

可是说起来容易做起来难啊！我苦思冥想，也不知道锻炼什么好。一次大课间，我百无聊赖，看到大厅里有许多女生在跳牛皮筋。对，我就从跳牛皮筋入手来锻炼自己！在我的印象里，我小时候也跳过的，并不难。"世上无难事，只怕有心人。"我的好友们知道我的决定，都非常支持我的行动。于是在她们的教导下，我开始了练习，一关、二关、三关……一直跳到了第四关我才没有跳过。第一次的尝试就给了我很大的信心，我决心要练下去。虽然第一天回家后，我的脚疼得很，连走路都很困难，但我没有放弃，因为我相信自己一定能做到的。果然，在接下来几天的训练中，我不但顺利地通过了第四关，而且还爱上了运动，哪一天不跳动一下子都觉得不舒服呢！

虽然我现在还只能跳到第五关，但我相信，只要我继续努力，终有一天，我将不再是"淑女"。

"草堂"和"澡堂"的故事

甘　霖

"上课喽！"同学们有说有笑地进了教室。这节课是语文，学的是《三顾茅庐》，大家听得格外认真。

"陈齐越，你来读这一段。"闵老师喊了陈齐越来读我们早已背得滚瓜烂熟的那一段。

陈齐越读得抑扬顿挫，娓娓动听，我们仿佛身临其境，跟着刘备来到了诸葛亮居住的隆中。

他越读越起劲，后来竟有些"忘乎所以"了。"哈哈哈……"我们一阵爆笑，原来陈齐越把"刘备快步走进草堂，与诸葛亮见面"中的"草堂"读成了"澡堂"，这可是"失之毫厘，谬以千里"的呀！教室里立刻炸开了锅，我们笑得前仰后合，有的同学竟然故意装腔作势地读着："刘备快步走进澡堂，与诸葛亮一起洗澡。"读完后还拍着桌子大笑不止……

165

而陈齐越呢，他自己也觉得很好笑，但却又不敢笑出来，脸上更是一阵红，一阵白，手足无措，似乎自己站在教室里很多余。可这些丝毫不能抑制住同学们兴奋的神情，我们笑啊，叫啊，跳啊，连平时"惜笑如金"的闵老师也经不住陈齐越的"逗"，虽然用书挡着嘴，可是那眼角的笑意和抖动的身体却怎么也抑制不住。我呢——因为近水楼台（坐在陈齐越的后面），便幽默地对他来了一句："陈先生，您什么时候也加入了搞笑一族啊？"

陈齐越听了我的话，头垂得更低了，额前也渗出了细细的汗珠，可以看出现在他的处境是何等的难堪。

你看，我们的课堂因为有了"草堂"和"澡堂"的故事变得更加精彩！

第五部分　校园耳朵派

叮叮当，零食响叮当

黎琛

知道何为零食吗？零食，乃我精神的"支柱"，肉体的"外援"。只要有十分钟食不入口，那简直就是"二十五只老鼠入胸——百爪挠心"哪！零食是最重要的，有一句古话就是这么说的："民以零食为天"，呵呵，当然这句是我改的。

吃零食，如果有外界的干扰，那么对于我来说是一件很麻烦的事情，但我也有对策。

为了禁食，老班特意宣布了"十二禁食铁令""关于吃零食的规章制度"等等。

一天，数学课，我正在因为没有零食而发呆，数学老师出了一道题考我们：甲－丙＝乙，丙＝？正确的答案应该是丙＝甲－乙。老师看见正在出神的我，便让我站起来回答问题。我看了看题目，那个等式渐渐在我眼中幻化、幻化，最后竟然回答成了："饼（丙）＝面粉＋少量水＋少量油＋肉末＋葱＋糖！""哈哈……""嗯？你到底在想些什么！"老师给了我一个周星驰主演的《功夫》里才能见到的"狮吼功"，我还感受到了老师对我的"关爱"：回家写小字两张。

经过上次的教训，我决定痛改前非。可是……

山不转，水转；你不转，我转。明的不行，我就来暗的。这一次，我在口袋里藏了"北京烤鸭""真知棒""比巴卜""手撕牛肉"等，可谓是应有尽有。等老师一转过身，我便撕开包装。啊，零食啊，你为什么这么香啊！我吃，我吃，我吃吃吃。把嘴塞圆后，老师突然转过身，瞄见了身前堆满零食的我。"嗨……嗨……哈罗……有……有事吗？"结果……结果又多了两张小字。

叮叮当，叮叮当，零食响叮当，鸡腿加上火腿肠，再来一碗汤——白菜配牛肉，蘑菇炖鸡汤……

搞笑的组合

葛彬欣

这"搞笑组合"呀，其实就是给词语乱搭配，组合成搞笑的句子，最后那效果，还真能让人笑掉大牙呢。

石老师把同学们分成了三组，并给每个人发了一张纸条，要求在上面分别写上"人物""地点"和"事情"，然后，依次放进三个相应的盒子里。纸条收齐了，石老师把盒子放在讲台上，选了三名同学去随意抽出一张读出来，看看会组成什么样的句子，我很荣幸成了其中一位。

我从盒子里摸了一张，上面写着"莎士比亚"，我读了出来。原本"莎士比亚"也没啥可笑的，谁知和接着两位读出的词竟组成了这样的句子："莎士比亚在人民大会堂吃饭。"同学们一听乐了，教室里传出了一阵爆笑。一代大文豪来到了中国，还在人民大会堂吃饭，真可谓"超越时代超越国界"啊，能不让人发笑吗？

接着又上去了三位，他们会抽出怎样的组合呢？前两个同学已经报出了："孔子""在墓地里。"孔子怎么会去墓地？他要干什么？同学们一个个竖起耳朵，可第三位同学杨清却未语先笑，笑个不停，大家不断催促他快点念。这时，他才忍住笑念出来："捕捉624号实验品！"天哪，孔子在墓地里捕捉624号实验品？哈哈，孔子改行当科学家啦，还跟动画片扯在一起，真是乱七八糟！

同学们笑得可厉害了，"小胖子"许管超的嘴巴都快咧到耳根了；胡好强笑得直拍桌子。就连从来不爱笑的郭林也捂嘴"咯咯"地笑着；咦，高个子的刘宁呢？低头一看，原来他笑得太厉害，摔到地上了！

嘿，搞笑的组合让我们忘记学习的紧张，感受到了生活的快乐。

有趣的反口令

丁洁涵

在一般人眼里，听话的学生才能算是好学生，那么不听话的学生就不能算是好学生吗？这可不一定，不信你就来看看"不听话"的学生在今天的反口令比赛中是如何获胜的吧！这反口令比赛听起来并不难。

老师选出了男女生各五人，站到教室中央，每人必须做出跟老师口令相反的动作，谁"听话"了就会被淘汰出局。

刚开始大家反应都挺快，好久淘汰不出几个。石老师见状，计上心头。一个口令刚发完，还没等同学们准备好，石老师紧接着脱口而出："向左转！"这下子可把大家整惨了，有的一个激灵就真的向左转去了；有的刚向左转去，过了那么一秒就回过神来，赶紧调整方向，向右转去；还有的迟疑着，身子摇摇摆摆失去了主张。可能是打破了常规，有人脑子就转不过来了。这次的突然出击，一下子就淘汰了三个。

经过一番激烈紧张的比拼后，场上只剩下了张勇和陆小安一男一女。比赛进入了高潮，"张勇VS陆小安"大决战拉开了帷幕。可几经拼杀却分不出胜负，两人实力相当。这样僵下去何时见分晓？石老师又使出了"撒手锏"，她故意停顿了好久，还将头扭向旁边，然后冷不丁发出口令："哭！"张勇迅速"反应"过来，立即张大嘴巴发出"呜呜"的哭声，还像模像样地用手去揉眼睛。陆小安呢，顽皮地歪着脑门，嘴角露出了甜甜的微笑。老师随即宣布："陆小安获胜！"

嘿，这有趣的"反口令"听起来简单做起来难，还真考验了大家的反应能力呢！

"新人"任佳欣

徐 丹

在写作上，我在班里是一枝独秀；在体育上，我是班里的一匹骏马；在英语上，我更被老师夸为"天才"……每当听着这些赞美之词，我心里总像灌了蜜一般甜滋滋的。可自从班里来了个"新人"任佳欣，这一切却都变了样。

一个烈日炎炎的下午，同学们一窝蜂似的冲下楼去上体育课。鲍老师说要练习翻单杠。呵，对我来说，那真是小菜一碟。我自以为这次我定能博得满堂喝彩，不想半路却杀出个任佳欣，不知天高地厚地想挑战我。看着她那自信满满的目光，我强忍着才把到嘴的那句话给咽回去——哼，小样，也敢跟我斗？只见任佳欣大步流星地跨到单杠前，搓了搓手，攥住了单杠，一跃而起，在众人吃惊的一刹那，任佳欣已稳稳地站在单杠的另一边了。同学们个个惊讶得目瞪口呆，继而全场都响起了热烈的掌声……

上个礼拜一，全市准备举行作文竞赛，我们班得选一个人参加。我是班中"一枝花"，陈老师自然将目光对准了我。我有点儿胆怯：毕竟是个大比赛，弄不好砸了锅，岂不遭人笑话？我何必……"陈老师，我愿意去！"声音来自任佳欣。"哼，逞能，还毛遂自荐呢！"我不禁小声嘀咕。不想才一个星期，"小麻雀"杨轶就开始喳喳了："头号新闻，任佳欣作文得了市一等奖！"果然，晨会课上，陈老师就花了足足十分钟为任佳欣大唱赞歌。唉，我心里那个滋味，没法说！

最近，任佳欣的英语成绩也像受热的温度计——猛蹿，都已经和我并驾齐驱了！将来，她会不会超越我呢？这还真难说。

瞧，这就是让我恨来让我敬的"新人"任佳欣！

小屁真的故事

袁 真

寒假里，小屁真天天很迟睡觉，早上也睡懒觉。开学了，妈妈叫她早点睡觉，小屁真就是不听，还是很迟睡觉，所以午休的时候小屁真的很困，她真想找根牙签撑住上眼皮和下眼皮，如果这样的话，眼睛就不会闭上了。可是学校里没有牙签，所以小屁真没有办法，只能强打精神，忍了一个中午。

下午上课了，小屁真终于忍不住了，上眼皮和下眼皮慢慢地合在了一起，竟然打起了盹儿，磕了一下桌子。老师走过来问："小屁真你怎么睡着了？还在过年呀！"小屁真被老师这么一吓，也清醒了，赶紧说："老师，我不是睡着了，我是在给您拜年呢！"小屁真刚说完，同学们哄堂大笑起来。

画鬼脸

"同学们，很多小朋友都喜欢装鬼脸，今天的美术课我们要用水彩颜料画鬼脸。"老师还没说完，小屁真就迫不及待地从书包里拿出画笔画了起来。

老师讲完后，同学们就开始认真地在纸上画了起来。可小屁真还没画几笔，脸上就沾满了颜料，像个大花脸，同学看着她的"鬼脸"都哈哈大笑起来。小屁真被同学们一嘲笑，干脆拿起笔在脸上画了起来，东涂一笔，西涂一笔，把整个脸画得像个大花脸。老师走过来问："我让你画纸上，你怎么画脸上了？"没等老师继续问话，小屁真扮了个鬼脸，拿起一张白纸，"啪"的一声，覆盖在脸上，小屁真脸上的鬼脸跑到白纸上了。"老师我画好了！"小屁真说。

老师看着这个与众不同的鬼脸，"笑"得直不起腰。

抗 旱 记

王子祥

全球变暖的趋势越来越明显了，开学不到两天，天气竟异常地热。星期二下午，体育课结束了，大汗淋漓的我们提着水壶向离我们班最近的那台饮水机奔去，耳边却传来了爆炸性的消息：饮水机被拆了！

我们都不大相信，刚才上课前还灌了水，虽然队伍中出现了意志不够坚定的逃兵，但大多数人还是拼尽最后一丝力气向饮水机挺进。然而，眼前的景象还是让我们不可思议，墙角处留下的只是一个残缺的水池，和烈日炙烤着我们投在墙上的一个个呆若木鸡的影子。

不知是谁吆喝了一声："一年级还有另外一个饮水机呢！"对呀，不是还有一个吗！我们像吃了兴奋剂，恨不能插上一双翅膀飞向那最后一丝希望，甘霖似乎就在前方向我们微笑。

到了！那里被围得水泄不通，一个个提着空瓶，不顾一切地挤进去，全然没有了老师平常三令五申的"秩序"。我终于到了最前线，激动得手在颤抖，放下空瓶的那一刻，我那千斤重的心似乎也放了下来。

但当我拧开水龙头的一刹那，眼前的景象让我愕然———滴水都没有。我试图拍了拍水箱，但都无济于事，那不是"哗哗"的流水声，传进我耳朵的只是物体撞击铁皮发出的沉闷响声，似乎那一掌是拍在我心上的。我现在才明白，先前看到的那些眼神意味着什么。

我无奈地挤出人群，如同被晒干了的树叶，顶着炎炎烈日，一阵风就能把我吹走。而我是多么希望有一阵风能吹来，释放一下我身体表皮的热量。来了，终于吹来了一阵风——

那，是一阵热风。我，越来越渴，越来越热……

第五部分 校园耳朵派

老师教我长大

袁　浩

　　我爱说爱动又很贪玩，课堂上经常溜号。通常这个时候，孙老师就用她那双会说话的大眼睛看我，直到我变得"乖乖"的。孙老师讲课的声音很洪亮，为了吸引我们的注意力，她经常讲一些小故事，课堂上也很活跃。有一天，孙老师给我们讲了这样一个故事：

　　从前，有一个小男孩，他非常贪玩，学习成绩很糟。他的妈妈很着急，就带他去找校长。校长对小男孩说："小孩的脑子里都有两只虫子，一只是好虫子，一只是坏虫子。它们两个势不两立，经常打架。只要好好学习，好虫子就会战胜坏虫子，脑子会变得越来越聪明；相反，如果整天贪玩、睡大觉，那么坏虫子就会战胜好虫子，人就越来越笨了。"

　　这节课我记忆非常深刻，回到家还把它讲给了爸爸妈妈听，他们夸奖我脑子里多了一只好虫子。还有一次，孙老师在课堂上对我们说："人生只有两块糖，一块是苦糖，一块是甜糖，你们想先吃哪块糖呀？"孙老师问到我，我想了一会儿，说："还是先吃苦的吧，把好吃的留给以后。"孙老师笑着点了点头，说："你真聪明。我们为什么要先吃苦糖呢？因为小时候受点苦，长大了就会享福的。"

　　在孙老师的耐心教导下，我变得不那么贪玩了，还给杂志社投稿，我的小文章在杂志上发表了。我非常高兴，孙老师也很高兴，她在全班同学面前表扬了我。

　　有一次写作业，我突然想下楼玩一会儿，可是作业还没有完成呀！我很矛盾，这时，孙老师说过的话在我的耳边响起："先吃那块苦糖。"想到这儿，我就来了劲头……

老师，老虎，老顽童

陈吴晗

　　她，是我们的英语老师——徐老师。她是一个"三面"老师，她那双被眼镜框保护着的眼睛炯炯有神，一个高翘的鼻子，一张会批评、会笑、会生气、能说会道的嘴巴。

　　她的"三面"就是：老师，老虎，老顽童。

　　老师，是在课上的时候，脸很严肃，一本正经地讲着课，时而紧锁着眉头，时而微微一笑。

　　老虎，是在批改作业后。每当我们作业做得差时，她会把作业捧到讲台上，将作业本一摔，大吼一声："你们看看你们做的作业，太不像话了，这就是你们二班人写的字吗？"她停顿了一下，又怒气冲冲地说："错的人罚抄课文！"她说话时，脸气得通红，有时还会说："我也不生气了。再气的话，恐怕都快病倒了。"我们听到这种话时，心里别提多难受了，看到自己喜欢的老师这么难过，而且是被我们气的。

173

　　老顽童，是在课后的时候。有一次下课了，我们在跳橡皮筋，她正好看见了，兴奋地说："真好玩！我也来试试吧！"我们一开始有点儿不习惯，后来我们就跟她玩开了，大家玩得满头大汗。在课后，我们怎么跟她开玩笑都行，就是不能在上课的时候乱说话。有的时候，她还跟我们聊天，有说有笑的。

　　你们能说她不是一个老顽童吗？

　　我真是被她这种孩子气给吸引了，所以我不得不观察她的一举一动和言行举止。

　　我们很喜欢她！我们爱她！

感受最深的一件事

张 翠

那一年暑假，一场突如其来的事故，夺走了我那原本温馨而幸福的家。爸爸、妈妈，还有我最亲的奶奶都相继离我而去，留下我一个人孤单单的在这个世上。

我害怕了，绝望了，有时甚至想过要离开这个可怕的世界，去找爸爸、妈妈。可就在这时，我被送到了吉林省孤儿学校。来到这儿，是老师无微不至的关怀彻底打消了我这个念头。

记得来学校之前，我以为在这里会受到同学们的孤立，老师的歧视，会继续被别人议论纷纷。可是当我真正来到这儿，我才发现一切都和我想象的完全相反。无论是老师还是同学，大家都用友好的眼神望着我，让我备感亲切。有这样一件事让我感受最深。

那天我得了胃肠感冒，吃什么吐什么，整整在床上躺了一天。那天正好是刘老师的班。她听说我感冒了，而且一天没吃饭，便特意回家为我煮了一碗面条，还有两个荷包蛋。看着热乎乎的面条和老师额头上的汗珠，我激动地流下了眼泪。老师一边帮我擦眼泪一边笑着说："傻孩子，哭什么，快起来趁热吃。"老师把我从床上扶起来，看我太虚弱，就开始喂我吃，一边喂一边说："慢点吃，别着急。"就像在哄幼儿园的孩子。可吃过没多久，就又开始吐，而且把枕巾和床单都弄脏了。老师帮我换好了新的枕巾和床单，让我好好睡一觉，而她却到水房去给我洗刚才换下来的又脏又臭的衣服去了。看着桌子上的面条，听着水房"哗哗"的流水声，我的眼泪又情不自禁地流了下来。我暗下决心一定要赶快好起来，不能让老师再为我操心。

在我们的学习和生活中，老师就是这样用一个个鼓励的眼神，一句句真诚的话语，慢慢地将我们这些紧闭的心门打开，将快乐和幸福送进来，并让它们在这里生根发芽……

歌舞主题班会

尚云飞

"丁零零……"上课了，同学们陆续回到教室。

今天是班会课，班长刘大壮走上讲台，说："同学们已经看到了，途经我们学校的'闻化'公路修好了，今天我们就讨论一下，如何以实际行动，维护交通安全。为了活跃气氛，各组可以把讨论的结果以各自喜欢的文艺形式表现出来。"

班长的话音刚落，同学们就忙活开了，各小组同学，先是展开了热烈的讨论，各组组长边总结边记录，不时地咬着笔头凝神思索着什么……

大约过了二十多分钟，第一组代表李想同学首先上台，掏出他不知从哪里找来的快板，没等同学们鼓掌，就表演起来："竹板那么一打呀，别的咱不夸，夸一夸'闻化'公路修到咱家；人多车快，安全有办法，组织小队宣传到每家。"

对！宣传交通安全知识，创造良好的交通秩序，同学们纷纷赞同。没等李想走下台，外号"小诸葛"的赵一鸣同学早已跑上讲台，仿照"正月里来是新春"的曲调，边舞边唱了起来："三月里来暖风吹，有支小小交警队。帮助小同学过马路，轮流值日不怕苦和累。哎呀，小红花，哎呀，文明花，轮流值日不怕苦和累。"

好！又是一致赞成声。

学习委员人称"小天鹅"的钱方方同学，甩掉外套，英姿飒爽地走上讲台，先做个交警造型，然后，伴着他们组口技奏起的优美和谐的乐曲，舞动起来：她双手合掌，跺了一下脚，摆摆手，做个敬礼的姿势；接着又是指挥车辆有序行驶的舞姿，目送车辆驶去的方向，伸出大拇指，挥挥手……

同学们明白：那是说，心动不如行动，从我做起，争做大家信得过的

175

"小交警"。

钱方方表演完毕，向大家鞠了一躬，教室里群情振奋："对，行动起来，从我做起，从现在做起！"

这声音仿佛飞出了教室，飞出了校园，传到了"闻化"路上。

176

吸橘子大赛

凌钰扬

老师让我们充分利用非常"5+1"，来仔细地观察和用心去感受自己的参赛选手——橘子。在这里我要告诉大家一个小秘密：非常"5+1"，就是眼、耳、鼻、舌、手，和用"心"去体验。

接着，老师说："请用你们早已准备好的吸管使劲扎进橘子里，然后就可以尽情地吮吸美味的橘子汁了。"刹那间，只见所有的吸管像一只只离弦的羽箭扎进了橘子瓣里。顿时，一个个橘子简直就像一个个不明飞行物。

同学们都抱起自己的参赛选手，贪婪地吸起橘子汁来。可是，我吸了好一会儿也没吸着一滴"甘露"。会不会扎的位置不对头？于是，我毫不犹豫地拔出吸管，瞬间扎在了另一处。但还是吸不着。我心急如焚，便用双手握住橘子，使劲捏挤着，嘴巴费力地吸着。终于，我吸到了几滴"珍贵"的橘汁。我故弄玄虚地把橘汁"咕噜咕噜"地喝进肚子，张嘴赞美道："啊，橘子汁真是甜如蜜呀！"旁边有个同学抱怨道："这样吸一点儿也不过瘾，真想一口把橘瓣全吞下去。"这句话传入了刘老师的耳中，他笑着说："好吧，那现在就满足大家的心愿，请大家剥开橘皮去吃橘子吧。"我听了，迫不及待地剥开橘皮，首先看到了橘皮的海绵层和橘络，就是它们保护着橘瓣。接着，我看见了八瓣被我捏得不成"橘"样的橘瓣。我连忙取出一瓣放入口中，一咬，凉丝丝的、甜甜的橘汁便流入肚中。我再取出三瓣吃下去，嘴里便充满橘子味了。

这时，站在一旁的刘老师介绍道："这橘子皮也是宝哦。用它来泡茶可以清凉解暑，用它煮粥可以健胃……"我们听了，对橘子有了新的认识。

班级素描

赵戈阳

"302班是三年级最闹的班，也是三年级学习知识最快最好的班！"这是多位任课老师的一致评价。嘻嘻，既然我们班这么有趣，那我们班上的同学一定更有趣，更搞笑了喽！请跟我一起走向他们吧。

第一类：搞笑类。我们班那么闹，肯定有一大堆的搞笑人物，算了，不和你们一个一个介绍了。就拿卢恒来说吧，中午吃饭时，大家饿得不行了，个个都像小猪一样，大口大口地吃着。可卢恒同学（注意：男同学哟）呢，他为了引起大家的注意，竟做淑女状，用"兰花指"轻轻捏着勺子，慢慢地往嘴里送。大家看后，先是一愣，马上就笑得前仰后合，真正是"喷饭"了，老师也无奈地用一种奇特的眼光望着他，他还是无动于衷，继续"淑女"。

178

第二类：可爱类。哈哈，可爱类的代表就是我们班的"胖胖"。她那白里透红的大脸蛋，简直跟大苹果没两样。还有那肥嘟嘟的小手，软软的、嫩嫩的，叫人看了真是喜欢。有一次，她把我心爱的钢笔弄坏了，我本来要狠狠和她吵的，可看见她用那大大的、水灵灵的眼睛看着我，好像很委屈的样子，我也就不忍心了。唉，如今学生的压力越来越大，"胖胖"最近也戴上了眼镜，她好像没有以前那么可爱了。

第三类：时尚类。时尚类的代表非胡洁同学莫属了，她的穿衣戴帽，那是绝对的时尚，最能引领302班女生穿衣风向，如果哪位同学下课了，想照镜子，想梳头，想抹唇膏，这些小物件胡洁书包里准有。她穿的用的东西，我们见了，总是会很虚心地向她请教："是在哪里买的？还有卖的吗？"

其实，我们班的同学还有很多类型，今天就不多说了。如果你有兴趣，欢迎来我们班参观哦！

笑声不断的语文课

周　旭

"丁零零——丁零零——"又一节语文课的音乐声奏响了，陈老师笑盈盈地走进了教室，说："今天，我们去瞻仰瞻仰世界第八大奇迹——秦兵马俑。"说着，就工工整整地在黑板写上"秦兵马俑"这四个大字来。

老师板书完课题，要我们齐读一遍。这时，一声"秦兵马俑"飞进了我的耳朵，很多同学都不约而同地笑了起来。陈老师一脸茫然："怎么了？有什么好笑的？"大家见老师不解的眼神，笑得更起劲了。一开始，我也摸不着头脑，这时，突然传来黄珊珊的声音；"秦兵马俑，马桶！哈哈哈——"我这才醒悟过来，原来他们把"俑"读成了"桶"，又联想到了"马桶"！想到这儿，我也忍不住笑出声来。老师看来也明白了其中的秘密，轻轻地说："这个字不读tǒng，读yǒng。"可能是老师的发音又勾起我们对珊珊刚才朗读的回忆，大家禁不住又笑起来，这次笑得更狠更凶了：我连眼泪都笑出来了，董凡更是笑得直不起腰来，上气不接下气地说："老师，你……不要……再说这个……字了！"老师想再说点什么，却又控制不住自己的表情，"扑哧"，也笑出声来，我们刚想止住笑，可一看到老师的表情，又忍俊不禁，有些同学甚至笑着拍起了桌子——因为老师涨红了脸。

过了五分钟后，我们似乎已经笑得没力气了，都静静地等待老师发话。老师说："你们都去查查字典，看看'俑'到底是怎么读？什么意思？"我们赶紧拿起"万事通"——字典，七手八脚地查了起来。安静了十几秒钟后，黄珊珊起立说："老师，俑的意思是古代殉葬用的木偶人和陶偶人。"我们永远记住了这两个字的读音，久久难忘。

拖堂的烦恼

王宇琦

什么让学生最烦恼，除了大量的作业，那就是老师拖堂了！

那次是上数学课，我听得津津有味，突然感觉肚子很难受，想去卫生间，但我不想错过老师精彩的课程，一看表还差五分钟就要下课了，再忍一会儿吧！时间飞快地过去了。

下课铃响了，可老师还是在黑板前滔滔不绝地讲着，我胆子小不敢说出声，就一直忍着。十分钟过去了，老师还是没有说下课。不一会儿，上课铃就响了。我握着拳头，在座位上都坐不住了，晃来晃去。就这样，我又坚持了五分钟，老师终于下课了，但还在不停地唠叨，告诉我们要注意哪些地方，我终于忍不住了，举起手，跟老师说我要上卫生间！老师点了点头，同意了。我一溜烟地跑进了卫生间，这下可轻松多了！

老师拖堂，当然是想多教我们些知识，可偶尔的一次可以。如果长期这样，对我们来说，那可是一件痛苦的事。今天这堂课，如果我真的出丑了，那笑话可就闹大了。但有时我们往往不敢和老师这样说，我们也理解老师的苦衷。现在回想起来，我也很感谢老师，但我也要给老师提个醒：什么事都要适可而止，否则，会误事的。

老师拖堂确实成了我们学生最大的烦恼，请老师手下留情吧！

考　试

王哲宇

李老师拿着厚厚的一叠卷子，大步流星地走进教室。微笑着对大家说：“今天这两节课，我们考语文。”话音刚落，教室里立刻响起了“唉”声一片。同学们议论纷纷，我心里也像十五个吊桶打水——七上八下，一个劲儿地琢磨着老师会不会出童话作文。

一阵“唉”声过后，教室里恢复了宁静。但同学们的心里都不平静，你看那刘言，咬着笔头，一副胸有成竹的样子，满不在乎。曾松嘴巴噘成了O字形，连头发都竖起来了；任崇洋脸上青一块、紫一块，双手合十、求天求地求菩萨；我也被老师没有预先通知考试的消息，打蒙了头。

李老师“哗哗”地抖了抖手里的卷子，再分发给每个同学。拿到卷子后，我就更加紧张，头脑发胀，四肢发抖，背心发麻，心里就像揣了一只小兔子“怦怦”直跳。我暗暗地告诫自己：不要紧张，要沉着镇定；不要慌张，要清醒冷静。上次考试时，不就是因为把一个“身”字写成了“生”，而被老师扣了0.5分，结果与100分失之交臂了吗？

教室静悄悄的，只能听见七十四支笔写字的“沙沙”声。时间慢慢地过去，一分、两分……半个小时过去了。我已经做了半张试卷了，心里才终于平静了下来。我悄悄地向四周瞟了一眼，同学都埋头苦干，只见王浩瞩用左手撑住下巴，右手将笔头塞在嘴里，露出沉思的神情。可能正在做一道难题吧。徐春趁我不注意，冷不丁地瞟着我的卷子，我咬牙切齿地对她小声说：“你再敢看我的卷子，我就对你不客气了。”

我做完试题，自我感觉不错，出神地凝视着黑板，眼前仿佛飘来我的卷子，上面满是红勾，卷子上赫然写着一个鲜红的100。

“丁零零，丁零零……”一阵铃声打断了我的美梦，我拿着卷子，走向讲台……

失败的"魔术"

潘琴琴

　　"丁零零"班主任王老师踩着铃声进入教室。与往日不同的是，她手上除了教科书外，还拿了一个盘子、一口白瓷碗和一个装着无色液体的瓶子。同学们的好奇心一下涌了上来，"咦，老师拿碗和盘子干吗？莫非是请我们吃满汉全席！"不知是谁幽默地嚷起来。

　　王老师示意我们安静下来，把手里的东西放在桌上，又从口袋里拿出一块手帕，在我们眼前抖了抖，那架势活像魔术师刘谦，她故作神秘地问道："同学们，这是什么呀？""手——帕——"同学们拖长声音懒洋洋地说，不知老师要玩什么花样。"我这块手帕和普通手帕不同，这可是我去保险公司高价投保过的！是烧不坏的！"同学们一听，议论纷纷，"烧不坏？不会吧！""老师，你有没有吹牛呀？"……

　　王老师摆出一副老江湖的样子，"老师有没有吹牛，可以试一试嘛。接下来我给大家表演一个魔术，可要看仔细哦！"大伙马上安静下来，目不转睛地盯着老师，唯恐落下一个细节。只见老师把手帕平铺在盘子上，然后小心翼翼地把瓶子里的液体洒在手帕上，"是酒精！"前面的同学已经闻出味来了。然后，老师抽出一根火柴擦燃了，靠近手帕，只听"轰"的一声手帕迅速燃烧起来。

　　看着熊熊燃烧的手帕，王老师得意地对着我们笑了。"不好！手帕烧着了！"坐在第一桌的张鑫大声喊起来。

　　"王老师，你不是说你的手帕是烧不坏的吗？"调皮的杨赛还故意大声地问。老师无奈地耸耸肩，嘀咕着说："怎么回事呢？上一年我也是这么做的。"她顺手拿起酒精瓶端详一番，突然大喊起来："哎呀，酒精拿错了。书上要求是七十度的，可我却拿了七十五度的。科学这东西还真是来不得半点儿马虎啊！"